いちばんうしろの大魔王
ACT9

「これは、マナ・バースト……！」
「狂ったか……！」

「あれが君の言っていた物語か」
「そうだ。物語を打ち消す、大きくて、愚かな物語だ」

「消え去りなさい」

いちばんうしろの大魔王
ACT 9

水城正太郎

HJ文庫
228

口絵・本文イラスト　伊藤宗一

目次

登場人物紹介
服部《はっとり》絢子《じゅんこ》
阿九斗に想いを寄せる一途で純情なクラス委員長。阿九斗の発言に動揺を隠しきれない。
紗伊《さい》阿九斗《あくと》
将来「魔王」になると（再び?）予言された「善良な」主人公。初代魔王ゼロ＋皇帝という強力な敵との決戦に挑む。
江藤《えとう》不二子《ふじこ》
阿九斗に忠誠を誓う黒魔術師にして薬物使い。真の黒魔術の再興を目指し暗躍する。
曽我《そが》けーな
阿九斗に懐いている天然少女。お米が大好き。果たしてその正体は……？
三輪《みわ》寛《ひろし》
阿九斗の弟分を名乗るトラブルメイカー。勇者ブレイブという顔も持つ。
ころね
阿九斗の監視と護衛を行なう人造人間。しかしゼロと2Vによりコントロールを奪われてしまう。

木多淑恵《きたよしえ》
2Vに騙され、ゼロ復活の一因を作ってしまう。阿九斗のことを気に入り、その後は協力する。
リリィ白石《しらいし》
コンスタン魔術学院生徒会長。帽子がトレードマーク。喧嘩っ早く「小さい」と言われると切れてしまう。
加寿子《かずこ》
帝国を統べる皇帝。2Vの力を吸収し、初代魔王ゼロを支配下に置く。皇帝のみが使用できる3つの強力な魔術を操る。
けいす
ゼロと共に仮想空間内にいた小柄な少女。ゼロを封印する力を持つ唯一の存在。

赤毛の女の子は、自分がどこで生まれたのかを知らなかった。

それでも、二、三歳《さい》の頃《ころ》には、すでに自分が何者なのかはよくわかっていた。

「あたしはあたしなんだよ」

つまり自分以外に何もない、ということを彼女《かのじょ》はわかっていたのだ。

だからこそ、彼女は厄介《やっかい》なそれに好かれたのかもしれない。

それは、どこからかやってきて、人間に同化し、人間を決定的に変えてしまい、それでいて責任をとらない。姿形はなく、観測は不可能で、その存在を証明することすらできないが、人と同じ心を持つ。いや、心しかないとも言える。

少女は四歳になる前に、それと出会っていた。

親切な人の家、孤児院《こじいん》、また孤児院と転々とした生活の中、いつしか彼女は誰かと話すようになっていた。何もない空間に向かって語りかけては、誰にも聞こえない返答に笑った。そのことに周囲も気づいていたが、そのくらいの年齢《ねんれい》の子供にありがちな、空想上の友達を作っているのだろうと思い込んでいた。

しかし、彼女は、自らの瞳《ひとみ》の奥《おく》に浮《う》かぶそれと確かに会話していたのだ。

「あなたはだあれ？」

「だれでもないわ。だけど、あたしはあなたにこれからなるの」

「え？　でも、あたしはあたしだよ」

「それもただしいの」

「ふうん。じゃあ、そのままなんだ。あたしがふえるってことなの？」

「そうよ。あなたはあたしといっしょになるの」

「そうなの？　じゃあ、もうさびしくないね！」

「いいえ。ざんねんだけど、あなたはひとり」

「どうして？　あなたはともだちじゃないの？」

「あたしはあなたになるのだから、ともだちじゃないわ。とてもかなしいことだけれど、あなたはこれからえいえんにひとり。だれからもりかいされずに、とおいところにいくことになるのよ」

「それはいやだよ。ねぇ、いやだよ」

「もうきまったことだから。だって、あなたはとくべつなそんざいだもの。くろーばーばたけにある、よつばのくろーばーよりも、みけねこのおとこのこよりも、とくべつ」

「そんなに！　どうしてあたしはひとりなのか、どうしてすむばしょをかえられちゃうのか、どうしておとなのひとがあたしにあたまをさげたり、ぎゃくにばかにしたりするのかわからなかったけど、とくべつだったからなのね……。でも、さびしいのはいやだよ」

「これからもずっとさびしいままだけど、だいじょうぶ。ひとりくらいはともだちができるわ。あなたはこまったことがあったとき、ないていればいいの。そうすれば、だれかがたすけてくれる」

「ないていればいいの？」

「そうよ。よのなかって、そういうふうにできているものなの」

そんな会話が最初の出会いだった。

それから赤毛の女の子は、それとともに暮らし、会話し、導かれて生きていった。孤児院を転々とする生活だけは変わらなかったが、声の導くとおりにしていれば、それほど困難もなく過ぎていった。

やがて、成長した彼女はそれのことを忘れていったが、それは単純に同化してしまったことの証明だとも言えた。それでも、彼女は、不意に、その言葉に促《うなが》されて行動することがあった。とある男の子を見たときがそうだった。どこかひねた顔をした、その年齢にしては大人びた雰囲気《ふんいき》の彼《かれ》が視界に入ったとき、「泣こう」と思ったのだった。

彼女は、泣いて、泣き続け、彼から髪飾《かみかざ》りをもらった。

その瞬間《しゅんかん》、赤毛の女の子、曽我《そが》けーなは、「そういうことなのか」と思ったのだった。

どうして自分がこんな境遇《きょうぐう》になったのか？　どうして孤児院を転々とさせられているの

か？　どうして特別な存在なのか？　自分はどうして生まれたのか？　そんな疑問が、あっというまにすべて氷解したのだ。

けーなは、その感覚を彼に話しかけようとして、うまく言葉にならないことに気づいた。戸惑《とまど》っているうちに、彼は、けーなの泣いていた理由をわかっていたかのような言葉をかけ、去ってしまった。

しかし、けーなは、それが運命の出会いとでもいうべきものだと認識していた。

もっとも、けーなは、もらった髪飾りを身につけたとき、すっかりさっきまでのことを忘れてしまっていた。

1　最後の戦いのはじまり

紗伊阿九斗《さいあくと》は、宙に浮いたまま眼下の光景を見下ろしていた。

宮殿《きゅうでん》の周囲を群衆が取り巻いている。それはかなりの人数だ。上空にいても視界の端《はし》まで人間の頭しか見えない。それらは、ゼロが操《あやつ》る人造人間たちの支配に立ち上がった人々なのだった。それはもちろん人々の純粋《じゅんすい》な怒《いか》りによる抗議《こうぎ》であると言ってもよかったが、問題はそれを皇帝《こうてい》である加寿子《かずこ》が独裁を宣言したとたん、その支持者へと変貌《へんぼう》してしまったことだった。

――それなら、こうするしかないじゃないか。

阿九斗は先程《さきほど》、自らを魔王《まおう》であると宣言したばかりだ。そうすることでゼロと加寿子を倒《たお》すしか人々を解放する手段はない。ゼロを目覚めさせて利用したのは2V《ツー・ブイ》であったのだが、今では加寿子がゼロを操っている。人々をゼロにより不安に陥《おとしい》れ、それを加寿子が利用するというマッチポンプが成立していた。

――この力、存分に使わせてもらう。

阿九斗は独りごちた。

一度死んで、復活、それによって魔王としての力を得たのだ。恐《おそ》ろしいことだが、そして、当人も信じたくはなかったことだが、阿九斗は人間でありながら兵器として作り出された存在なのだった。それも、人間としての自我や感情はそのままに、ただ神々の力、つまり魔術《まじゅつ》を無制限に使いこなせるだけの――。それはつまり、阿九斗がまったくの正気であることを意味していた。自分がどれほどの力を得たのか、そして、何が可能なのか、細部に至るまで認識していたが、それに酔《よ》うことも、怯《おび》えることもできなかった。

――どうせ魔王になるなら、悪人っぽく心からヒャッハーって言えるようになるとか、そういうオプションを付けて欲《ほ》しかったよなぁ……。

阿九斗は内心で、そうぼやいていた。

とはいえ、外面としては、演技を通さなければならない。

「魔王を僭称《せんしょう》する人工物が！　人々を恐怖《きょうふ》に叩《たた》き込んで良いのが、この世でただ一人だということを教えてやろう！」

叫《さけ》んだ。

痛いほどの感情の波が下方から感じられた。視界すべてを埋《う》め尽《つ》くす群衆の憎《にく》しみと恐怖がすべて自分に向けられている。

それは、人々の感情をデータ化し、言語に変換《へんかん》した形で神々が保存しているログを、阿九斗が閲覧《えつらん》可能になったということだった。今や、神々と直結している阿九斗の頭脳は、一人一人の過去の生活を、三年前の夕食に何を食べたかすら知覚できるようになっていた。

――この力……。他人の心を覗《のぞ》けるようなものだ。確かに僕《ぼく》は神にも魔王にもなれる。歴代の魔王と呼ばれた人々も、僕と同じような立場に立たされ……何らかの決断をしたんだろうな……。人々を自由にしようと思うのも、魔王らしい台詞《せりふ》を思いつくのも、同じ僕には違《ちが》いないんだ。

僕が一般人《いっぱんじん》と同じ普通《ふつう》の人間だからこそ、どちらにもなることができるんだな……。

「憎しみと恐怖を感じるぞ！　もっと憎しみと恐怖を私に与《あた》えろ！　それが私の力になるのだ！」

適当に魔王らしいことを言っているが、たとえ嘘《うそ》でもそんな言葉を発することで内面が魔王に引っ張られていくことも阿九斗は実感していた。下手をするとその気になりそうだ。努めて正気を保たないといけない。

――冷静に行動しないと……。情報の分析《ぶんせき》と、これからのこと……。僕のするべきことを考えないと……。

他人の生活がわかるということは、想像以上の情報をもたらしてくれていた。群衆一人一人の過去の行動と感情を読み取れるという恐るべき事実は、今現在の状況《じょうきょう》が人々にとってどう感じられているのかを正確に教えてくれ、これからの行動の指針を与えてくれる。

——やはり、ゼロによる支配から救ってくれるのは皇帝だけだと信じているのか……。

そして、僕が混乱に乗じてゼロと皇帝を共に倒すつもりだと。

目覚めたゼロが人類を支配しようとしたのは事実だが、それに乗じて権力の奪取《だっしゅ》を企《たくら》んでいるのは皇帝、加寿子である。だが、人々は加寿子に全幅《ぜんぷく》の信頼《しんらい》を寄せていた。それは、加寿子が皇帝であり、慈悲深《じひぶか》いと見える顔立ちと穏《おだ》やかな物腰《ものごし》をしているからだ。

肩書《かたが》きと外見、それだけを人々は信じ込んでいた。実のところ加寿子についての情報など市民は何も知らないのに、だ。

——僕がするべきことは、ゼロを倒すこと。もちろん皇帝すらも……。そして……皆《みな》が信じているくだらない物語……。皇帝や魔王、そんなものを消し去る。

阿九斗はそう決意し、ある種の覚悟《かくご》を決めていた。

そして、下方の群衆の中から、一人だけ浮かび上《あ》がって見える〝彼〟を注視した。特殊《とくしゅ》なスーツに身を包み、群衆からは「勇者」と目されている人物を。

——最後に僕が彼に倒されれば、人々が信じる物語は終焉《しゅうえん》を迎《むか》えるはずだ。そうなったなら、後は……。

三輪《みわ》ヒロシ。以前は戸惑っていただけの彼だが、今の彼からは確かに決意のようなものが感じられる。今は、服部《はっとり》ゆう子《こ》を安全な場所に運ぶべく飛翔《ひしょう》しているが、やがてここに戻《もど》ってくるだろう。

生徒会長、リリィ白石《しらいし》によって檄《げき》を飛ばされたことが良かったのか、それともゆう子の行動に勇気づけられたのか。覚醒《かくせい》した阿九斗にはヒロシの今までの気持ちの流れが理解できた。

——僕が消えた後のことは、ヒロシに託《たく》す！

阿九斗は視線を転じた。宮殿のテラスに、一人の人造人間が姿を現したのだ。

堂々たる体躯《たいく》の男の姿をしていた。それこそが、プログラムであるゼロの今の体であった。無感情な目で阿九斗を見上げ、意思を伝えてくる。

《お前も戦闘《せんとう》機械にすぎないのだろうに。なぜ私を消すことに執着《しゅうちゃく》する？》

ゼロは挑発《ちょうはつ》するかのようにそう聞いてきた。だが、それを挑発と感じたのは阿九斗の方であって、ゼロには純粋な疑問だったのかもしれない。

阿九斗は言葉を発せずに答える。

《確かに、僕も人工物に過ぎない。だが、根本的に違う何かが僕の中にはある。生物としての自我が。人間としての心が。君たちの感情や心は、水の中に違う色の水を撒《ま》いたようなものだ。個々で独立してはいまい。だが、僕は僕だ。同様に、人間は個々人で独立したものだ。それを他者と溶《と》け合《あ》わせるようなことはさせられない》
《個々に分裂《ぶんれつ》しているからこそ管理されなければならない。それは私の主も同じ考えだ》
《主……加寿子だな》
阿九斗が言うと、そこに朗らかな声が紛《まぎ》れ込んできた。
《そうですよ。あなたはそのお力でもうご存じでしょうけれど、私、2Vから力を取り上げたのですよ》
その声には聞いた誰もが安心して微笑《ほほえ》んでしまうような響《ひび》きがあった。だが、今の阿九斗には、それは淫魔《いんま》の誘惑《ゆうわく》と聞こえた。聞いていると、彼女の言葉の内容が何であれ肯定《こうてい》したくなるのだ。
《……ゼロを制御《せいぎょ》しているなら、倒す必要はなくなったはずだ》
探《さぐ》るように阿九斗は言った。
皇帝である加寿子は、姿を宮殿の奥に隠《かく》したまま、念話で阿九斗に語りかけている。
《それはそうですね。ええ、もちろん》
そう加寿子はうなずいたが、それは阿九斗の言葉を肯定したわけではなかった。
《ですから、あなた、私に倒されてくださいな。それで人々も納得《なっとく》するでしょう?》

にこやかな声で加寿子は言った。
阿九斗は顔をしかめる。
《その後、あなたが統治する。そのつもりか》
《ええ。ごく単純なことじゃありませんか。状況が変わったんですもの。ですが、約束したことは守りますよ。あなたは私に従う限りは、命は奪《うば》わず、生活も保障いたしましょう》
自分の言葉が否定されることなどあり得ないことのように加寿子は言った。
阿九斗は舌打ちする。
《勝手なことだな》
が、加寿子は意に介《かい》した様子もない。可愛《かわい》らしくお願いするように小首をかしげる。
《ええ。私のわがままですわ。お願い、聞いてくださいますよね？　それとも、ゼロを倒してとのお願い、聞いてくださるとおっしゃってましたけれど、その後、私もどうにかされるおつもりだったのかしら？　ねぇ、駄目《だめ》ですよ、そんなずるいこと。性格が悪いと思われてしまいますからね》
加寿子は微笑む。
阿九斗は声に苛立《いらだ》ちを含《ふく》ませて答える。
《それならそれでいいさ。わかっているなら隠すつもりもないね。あんたのやることには反対だ。あんたが一転してゼロを保護するつもりになったのも、本当は統治には神がいたほうが都合が良いからだ。ゼロを倒せば、神々はその根幹を失うのだから》
《あらあら、頭のおよろしいこと。ねぇ、それならば、私の望みもあなたの望みもそれほど違わないことに気づいてくださるのではないかしら？　あなたはみんなに本当の自分をわかって欲しいと思っている。私とてそれは同じですもの》
加寿子は阿九斗に怖《お》じずに言った。
本当の自分をわかって欲しい、という言葉に阿九斗も感じるものはあった。
だが、加寿子と阿九斗、その本質は真逆だった。
《皇帝という存在も幻想《げんそう》で本来の自分とは違うとわかっているのなら、それを捨てて自由に生きればいいだろうに！》
《あら、いやだ。私の本質はどん欲なんですもの。人間的で優《やさ》しい皇帝なんてまっぴら。だけど、皇帝って便利ですもの。皇帝であることを捨てるなんてもったいない。利用させてもらうだけです。あなただって魔王を便利に使えたはずじゃなくって？》
《あいにくと、そこまで都合良くは考えられないね。力を使うのなんて、これで最後にしたいんだよ》
阿九斗が答えると、加寿子からの返答はやや間が開いた。

《……わかってはいましたけれど、交渉決裂《こうしょうけつれつ》、ですわね》
《最初から交わるところなどなかったさ》
《それなら、今、この瞬間から全人民があなたの敵ですわ。さぁ、はじめましょう。茶番でなく、壮大《そうだい》なお芝居《しばい》にしてくださいましね》
加寿子が合図した瞬間、宮殿のテラスに居たゼロが飛んだ。
身構える阿九斗だったが、ゼロは阿九斗からは遠ざかるように飛び、距離《きょり》を取って空中に静止すると、腕《うで》の人工皮膚《ひふ》を自らの手ではぎ取り、内部機構を剥《む》き出《だ》しにした。阿九斗がその意図を計りかねていると、下方から次々と人造人間たちが浮かび上がり、ゼロの周囲に集まりはじめ、その剥き出しの腕に、やはり皮膚をはぎ取って剥き出しにした自らのボディを次々と重ねた。
まるでブロックが組み上がっていくかのように、ゼロはその身体《からだ》を巨大《きょだい》なものに作り上げていく。
「まいったな、こりゃ……」
阿九斗は口をゆがめた。
やがて、阿九斗の前に立ちはだかったのは、体長が十五メートルほどの、機械が剥き出しになった巨人《きょじん》の姿だった。

「やれやれ……。こんなのと殴《なぐ》り合いをしなくちゃならないとはね……」

阿九斗はぼやいた。

○

「合体、巨大化《きょだいか》には意味があるね。一見すると、まるで鋼鉄の巨人が力の象徴《しょうちょう》であると頑《かたく》なに信じる馬鹿《ばか》げた信仰《しんこう》の産物のようだけれども」

持って回った言い方をしたのは木多淑恵《きたよしえ》である。興奮したときの彼女の癖《くせ》だ。ゴーグルを下ろし、宮殿の庭に降り立ったゼロの姿を分析している。

「意味があるの？」

聞いたのは服部絢子《じゅんこ》である。彼女らは、それまでは群衆の上方に浮かべた浮遊《ふゆう》ボートの中にいたが、宮殿の壁面《へきめん》を登って中へと潜入《せんにゅう》しようと、テラスのひとつにたどり着いたところだ。

「結局、魔王だろうとゼロだろうと、マナというリソースの奪い合いをしているだけだからね。しかも、その奪い合いは、基本的には現実空間で行われるわけじゃないんだよ。プログラム的なものだね。演算能力で決まるってこと」

テラスで振《ふ》り返《かえ》り、淑恵が解説する。

「合体すると、演算能力はあがるのか？」

「そうなるね。並列《へいれつ》処理ができるようになるから。もともとゼロはリソースのすべてを使える魔王よりは分が悪い。だけど、現在の姿なら、演算能力だけは魔王を超《こ》えることになるんじゃないかな」

「では、魔王の……阿九斗の演算能力というのは？」

「彼の身体は機械じゃないからねぇ。人間の脳だもの。ただ、魔術のシステムは人間の想像力や感情に呼応するようにできている。リソースの奪い合いというパワーでは負けても、魔術の使い方では負けないってことさね。情熱がすべてに勝るってこと。ふぉお！　燃えるねぇ！」

　盛り上がる淑恵を横目に、絢子はテラスから身を乗り出して下方を見やる。

「集まっていた野次馬《やじうま》は逃《に》げたか……」

　ゼロの姿と戦闘の気配に、宮殿近くの群衆は外へと移動をはじめたため、今、宮殿の敷《しき》地内《ちない》にいるのは、内部の加寿子たちを除けば絢子、淑恵、そしてけいすだけだ。

「ありゃ？　燃えない？　っつっても、そうかもねぇ。来たのはいいけど、状況は変わっちゃって、結局、けいすが何も思い出さない限りは、私たち何もできないっていう感じだしねぇ……」

淑恵が肩《かた》をすくめてけいすを見た。

背が低く、侍《さむらい》風にポニーテールを立てた少女――けいすは、人造人間でありながら、唯《ゆい》一《いっ》、ゼロの影響《えいきよう》下にない。彼女にゼロを封印《ふういん》する秘密があるというのだが、今のところ、彼女はただ同行しているだけである。

「いや、汗顔《かんがん》の至り。拙者《せっしゃ》、何も覚えていないゆえ……」

けいすは恐縮《きょうしゅく》する。

「いや、まぁ、いいけど。いざって時に思い出してくれればいいんだから」

淑恵はけいすの頭を撫《な》でた。

けいすはくすぐったそうな顔をして、淑恵を見上げた。

「優しいな、お館様《やかた》は」

「お館様?」

「そう呼ばせていただくことにいたす。そも、拙者、命をお預けしたのであれば」

淑恵はそう言われて、顔をほころばせた。

「ま、いいか。それで君が何か助けになってくれるならね」

「……っと、しかし、まずは私たちがけいすを守らなくちゃならないことになるかもしれないぞ」

絢子が緊張《きんちょう》した声をあげた。

宮殿の奥に首を巡《めぐ》らせ、そこに姿を現した者の姿に、淑恵も顔を強《こわ》ばらせた。

加寿子が宮殿奥《きゅうでんおく》の回廊《かいろう》に姿を見せたのだ。

「それが、けいすというのですか」

そう優しげに言いながら、優雅《ゆうが》な足取りでこちらにやってきた加寿子の姿は、しかし、血に汚《よご》れていた。

「陛下……いや、そのお体……。人の血……」

一度は戦場に出たことのある絢子には、魔獣《まじゅう》と人の血は臭《にお》いで区別がつくようになっていた。が、彼女の言葉にも、加寿子は動揺《どうよう》せず、「ほほほ」、と小さく笑った。

「少々、複雑な家庭の事情というものがありましたので。でも、もめごとの証拠《しょうこ》を見られてしまうというのは、恥《は》ずかしいものですね」

「……っ！」

言葉にならぬ吐息《といき》を絢子は漏《も》らした。本能的な恐怖を加寿子から感じていた。

「あら、正気じゃない人を見るような目で見られても困ります。少なくとも、正気であることについては、誰よりも自信がありますもの」

加寿子がそう言った。彼女の身体から尋常《じんじょう》でない気配が立ち上る。マナのひらめきとも違う、殺意にも似た感情の塊《かたまり》のようなものが、淑恵と絢子の身体を金縛《かなしば》りのようにしてしまう。

「こいつは……」

「やばいか……」

淑恵と絢子は冷《ひ》や汗《あせ》を流す。身体がうまく動かなくなっている。

瞬間、その目を覚まさせるように声が響いた。

「けいすを逃がして！」

それは加寿子のさらに背後から響いてきた。絢子はその声に確かに聞き覚えがあった。

「けーな？」

絢子はつぶやく。そちらに気を取られたからか、身体が動くようになっていた。

好機を逃《のが》さず絢子は素早く反応、刀を抜《ぬ》いて、けいすの前に横っ跳《と》びで移動する。

と、そこにマナ球が飛んできた。絢子はそれを刀身で受け止める。マナ球は、刀の周囲を粘《ねば》り着《つ》くように回転したが、その刃《は》に触《ふ》れると、まるで柔《やわ》らかいゼリー菓子《がし》か何かのように真っ二つに裂《さ》けて落ちた。

「な……？」

その通常のマナ球にない奇妙《きみょう》な感覚に絢子は戸惑う。

マナ球は加寿子が発したものだ。けいすを狙《ねら》っていたことは、その軌道《きどう》からわかる。

加寿子が、面白《おもしろ》そうに目を見開いた。

「八尺瓊勾玉《やさかにのまがたま》を切断するなんて……！　その刀、神が与えた一振《ひとふ》りですね」

「そうですが……。が、そうだとしたら、何が……？」

絢子はうろたえる。何か自分の知らない術が使われているのだ。

そんな絢子を見て、加寿子がにっこりと笑う。

「そうでなければ、私の術が破れるはずがないという確認をしただけです」

再び、加寿子がマナ球を発するべく手を上げた。

「やばい……！」

絢子は淑恵に素早く目配せする。淑恵は、その警告よりも早く動いていた。

「逃げるよ、けいす！」

淑恵は持っていたチェーンソーを起動すると、ひょい、とテラスの縁《ふち》に登る。

「しかし、拙者、逃亡《とうぼう》は好まず……」

けいすがぐずると、淑恵はすぐに言葉を変えた。

「飛び降りるから、私を守れ」

そして、淑恵はテラスの外に身体を倒れ込ませるようにした。すぅ、と淑恵の身体がテラスの外に消える。

「お館様！」

けいすはテラスから身を乗り出した。

落ちていく淑恵の身体が見える。

「今、参ります！」

けいすも跳《と》んで、淑恵の後を追った。

それを確認してから、絢子は刀を構え、加寿子のマナ球の一撃《いちげき》に備えた。

しかし、加寿子の一撃はやってこなかった。

「まだ、やるのですか」

加寿子は動きを止めていた。その目線は下に向けられていた。足に何者かの手がからみついていたのだ。その手は、ただ足首を握《にぎ》っているだけでなかった。ゴムのように伸《の》びた前腕《ぜんわん》部そのものが足を絡《から》めている。

「負けと思わなきゃ、死んでも負けてないってね」

リリィ白石だった。彼女は、その身体を加寿子の数メートル後方に横たえていた。何度も衝撃《しょうげき》を受けたとおぼしく、着ている服はボロボロになっている。少年のような顔も腫《は》れがひどく、激しく殴られた後であることがわかる。それでも、リリィはその姿勢のまま腕を加寿子に向けて伸ばしたのだ。

「八尺瓊勾玉」

加寿子は振り返りもせず、手だけを後方に向けてリリィにマナ球を撃《う》ち込む。

「ちっ！」

リリィは腕を元に戻し、のろのろと立ち上がる。

しかし、マナ球よりも早くリリィが動ける気配はない。

「危ない……！」

絢子が加寿子の横を駆《か》け抜け、リリィの前に立った。その勢いのまま、刀の一振りで瞬《しゅん》時《じ》にマナ球を斬《き》り落とす。

「会長！　これは？」

絢子は状況の説明をリリィに求めた。これまで感じるままに対処してきたが、彼女には事情は飲み込めていない。

リリィは皮肉めいた笑みを漏らして答える。

「ま、皇帝陛下が首謀者《しゅぼうしゃ》だったってことで認識しときゃあ間違《まちが》いないさね。２Vを倒し、事情を知っているボクたちまで消そうとしてるってこった」

簡潔に言った。もちろんそのことが嘘だとは絢子には思えなかった。

絢子は顔を強ばらせて加寿子を見返す。

加寿子は笑った。

「ほほ、まぁ、人聞きの悪い。とはいえ、人聞きの悪いことを今、しているのですから、仕方ないですけどもね」

絢子は眉《まゆ》をひそめた。

「……軽蔑《けいべつ》しますよ、皇帝陛下」

それも加寿子は笑い飛ばす。

「軽蔑されても、勝ち取らなければならない玉座がありますもの。そうでなければ、平和などあり得ません」

「市民は誰かが玉座に座ることを望んでいるのですか？」

絢子が思わずそう聞き返すと、加寿子はうなずいた。

「先程までの人民の声をお聞きにならなくて？」

「くっ……」

絢子は言葉に詰《つ》まった。

「ま、やめときねい。説得なんざ聞きやしないさ。それよりも、逃げ出した連中が何人かいるが、そいつらが真実を語ったらどうするつもりだい？」

よろよろと立ち上がったリリィが会話に割って入った。

２Ｖを殺したのを目撃《もくげき》し、事情を知っている者は、彼女ら以外には江藤《えとう》不二子《ふじこ》と曽我《そが》けーながいる。二人は、今、この場には見あたらなかった。

「そうだ、先輩《せんぱい》とけーなは？」

絢子が聞くと、リリィはにやりとした。

「けーなはちょいと服を脱《ぬ》いでね。で、江藤クンはボクが戦っている隙《すき》に真っ先に逃げ出したよ」

「なるほど。そういうことでしたか」

けーなは姿を消すことができる。マナを感知する能力をもってしても発見できない。ただし、身につけているものを消せないので、服を脱ぐ必要はあるが。先程の声もそういうことなのだろう。

その会話を聞いていた加寿子は、けーなの件《くだり》を不審《ふしん》に思ったのか、ややいかがわしげに目を細めたが、それらすべてを打ち消すかのように首を振った。

「なんであれ、私ならば逃げた者も、見つけ出し、口を閉じさせることができます」

加寿子は手を上にかざした。

そこにマナの響きとともに光の剣《けん》が出現する。

「天叢雲剣《あめのむらくものつるぎ》」

加寿子は、空中に出現させた長さ二メートルほどのそれを、そう呼んだ。

光の剣は、まるで太陽の一部が落ちてきたかのような輝《かがや》きを放っていた。熱気が離《はな》れている絢子にも感じられる。

「気をつけろ。ただごとじゃない威力《いりょく》だ」

光の剣が2Vを貫《つらぬ》いたところを見ているリリィが警告する。

「はい。完全な防御《ぼうぎょ》を……」

絢子は、刀を正眼からやや左にねじって構えた。あらゆる方向からの斬撃《ざんげき》に一挙動で対応できる防御の構えである。

「そういうことじゃない！　あの威力は……」

リリィが叫ぶ。

加寿子は目を細めた。

「遅《おそ》いですよ。二人まとめて貫かれてしまいなさい……」

加寿子が手を振る。光の剣は絢子に向けて飛んでくる。

「ひっ！」

空気を切《き》り裂《さ》く轟音《ごうおん》と、マナの唸《うな》りの凄《すさ》まじさが、その剣の威力を物語っていた。マナで作られた物体であれば、その威力には一定の上限があるはずだ。だが、剣から発せられる熱気と波動は、絢子がかつて見た物体のどれよりも激しいものだった。

「受け止め……られない！」

絢子は刀を動かすことはできなかった。もし受け止めたならば、刀身は真っ二つに切断されていただろう。そして、その背後にいた絢子、さらにはリリィも貫かれていたはずだ。

しかし、天叢雲剣は轟音とともに、絢子の左をすり抜けて行った。

剣は二人の背後の宮殿の壁《かべ》を貫き、その穴の周囲を熱で溶かした。恐ろしいことに、壁を貫いたにもかかわらず、ほぼ無音だった。つまり、まるで抵抗《ていこう》なく壁を溶かしたということになる。

「助かった……」

絢子は息をつく。

もちろん絢子が避けたわけではないことは当人が一番よくわかっていた。外れたのは、剣の軌道が最初からずれていたからだ。

その原因は加寿子が体勢を崩《くず》していたことにあった。剣を放つ瞬間に、何か衝撃を受けたのか、加寿子は右膝《みぎひざ》を突《つ》いていた。

絢子は加寿子の背後に、宙に浮いて小さく光る髪飾りを見つける。

「ありがとう……」

絢子は小さくつぶやく。髪飾りは、けーなのものだ。加寿子が剣を放つ瞬間、体当たりでもしてくれていたのだろう。

リリィもほっと息をつく。が、油断は禁物、と首を振った。

「助かったな……。が、二度目はそうはいかないだろうな。他人をいたぶるのがお好きらしい皇帝陛下は、あのマナ球ばかりボクには使っていたが、それを切断できるキミには、剣を使ってくることになる……」

加寿子が再び体勢を立て直し、首を振っていた。どうやら、けーなの力に気づいたようだった。

「姿を消せる者がいるということですね。ですが、それほどの攻撃《こうげき》もできないようならば、たいした問題にはなりません。次は、外しませんよ」

加寿子は自分の周囲を手で払《はら》う仕草をする。けーなが近くにいないことを確かめているのだ。

「あの剣……あの球……なんなんです？」

絢子がリリィを振り返って聞いた。

「皇帝の血筋だけが使うことができる術だ。2Vの人造人間を操れる術と、あのふたつで三種類ということだ」

「皇帝だけの……」

「それを使うことができるのが、皇帝の血筋の証明にもなるってことだ。それを使えることが権威《けんい》の象徴なのさ」

「それであんなに威力が……」

リリィの説明に納得はしたが、絢子にも次の一撃が放たれればおしまいだということはわかる。

「キミは逃げろ。ボクが少しでも食い止める」

そうリリィが言った。その表情には、悲壮《ひそう》な決意のようなものは何もない。そうするのが当然、といった表情である。

それを見た絢子は首を振った。

「……そう言われては、逃げるわけにはいきません。それに、私にも決意したことがある。一度、私は私の感情だけであいつのそばを離れた。今、あいつがこの場で身体を張っている限り、退くわけにはいかないんです。もう後悔《こうかい》したくはないから」

絢子は揺《ゆ》るぎない表情をしていた。今、何が起こっているのかを知ったことで、彼女の頭の中で、阿九斗が何をしようとしているのかがはっきりしたのだった。阿九斗は、加寿子とゼロを倒すために、文字通り自らの全存在を賭《か》けているのだ。

一方、絢子のその表情で、リリィは、その言葉にある〝あいつ〟が誰のことを指しているかわかったらしい。にやり、とすると、ぼろぼろになった帽子《ぼうし》のつばを下げて絢子から目線を外した。

「アナクロだねぇ。ま、そういうことならボクも野暮は言わないさ。でも、勝たなきゃ意味がない。いっちょ、皇帝殺しになってみなよ」

リリィが言った。

絢子は、力強くうなずいた。

と、その話を聞いていたのか、加寿子は笑う。

「皇帝殺し？　そう面白いことを言われても、こちらとしてはどう反応をしていいものかわかりません」

加寿子が穏やかに言って、手を掲《かか》げた。そこにマナが凝縮《ぎょうしゅく》し、再び光の剣が出現する。

その圧倒的《あっとうてき》な存在感を前に、絢子は足がすくんだが、決意した以上、戦い方はもう考えてある。

「動きで攪乱《かくらん》する……！」

絢子は刀を構えたまま滑《すべ》るように前進し、そこから一気に横に跳んだ。

加寿子が首を動かした。彼女の眼前からはまさに消えたように見えたに違いない。

そして、加寿子は視界にようやく絢子の姿をとらえたが、そこからさらに絢子は反対の横に跳んだ。

いや、跳んだと見えた絢子だったが、その場にもまだ絢子は立っている。絢子が二人出現したのだ。それは彼女の得意とする分身。マナにより作り出した、実体のあるもう一人の絢子だった。

「伊賀忍法《いがにんぽう》、乱れ月影《つきかげ》！」

絢子はさらに五体の分身を作り出す。それは加寿子の周囲を幻惑《げんわく》するように跳び回《まわ》った。

加寿子は視線を一点に集中できずにいる。

それを好機と、五体の絢子は周囲から一斉《いっせい》に加寿子に襲《おそ》いかかった。

「いやぁあああ！」

分身はどれもマナとしての実体を持っている。幻覚《げんかく》というわけではない。そのすべてに攻撃力《こうげきりょく》があるのだ。しかも、五体がややタイミングをずらして襲いかかっている。避けようのない必殺の攻撃だった。

が――。

「分身をマナで作ったのですね。そのやり方は、緻密《ちみつ》なマナ操作が可能な者には通用しません」

加寿子は落ち着いて言い、手を軽く振った。

「なっ！」

絢子たちが絶句する。

加寿子の手の軌道の正面にいた絢子の姿が消えたのだ。さらに彼女が手を動かすと、その手の動きに合わせ、次々と絢子の分身が消えていく。

「……ちぃっ！」

しかし、絢子は攻撃の手は止めなかった。四体の絢子が、つまり分身のすべてが消えたが、それでも絢子の本体は、刀を横薙《な》ぎにし、加寿子の横腹を斬りつけんとしていた。

「うぉおおお！」

絢子は気合いを発する。

が、その気合いが途切《とぎ》れた。刀も、ぴたり、とその動きを止める。

加寿子は絢子の正面に顔を向けており、手にした光の剣の切っ先をぴたりと絢子に突きつけていたのだ。

「魔術を使った戦いとはこのようにやるものです」

「な……。馬鹿な……」

「いいえ、これは当然の結果。せめて、神以上の存在に殺されることを幸せに思ってくださいな」

加寿子はにっこりと笑って言った。

そのとき、姿を消したけーなが加寿子を突き飛《と》ばそうとしたらしく、加寿子の身体ががくりと揺れた。だが、それだけだった。加寿子はけーなのことを警戒《けいかい》しており、さらに、けーなが大した力を持っていないことにも気づいている。加寿子は面倒《めんどう》そうに片手を何もない空間に振るった。身体が突き飛ばされる音と悲鳴が響いた。

その間、加寿子の光の剣の切っ先はまるで絢子の喉元《のどもと》から揺らがなかった。

「邪魔《じゃま》はもう入りませんよ。それでは……」

「ひっ……」

絢子は恐怖に目を見開いた。

加寿子が天叢雲剣を突き刺《さ》そうと力を込めた。

と。

ばつん、と電気が切れたかのように宮殿が薄暗《うすぐら》くなった。

加寿子の手が止まる。暗くなった程度で冷静さを失うような人物ではないだろう。しかも、まだ日中であるから、外からの光が差し込んでおり、視界は十分にある。

「た、助かった……？」

絢子はつぶやき、後方に飛び退《の》いた。

加寿子の剣は、その実体を失いつつあった。

「空間のマナが減少した……」

加寿子は手のひらを上に向け、魔術を使用し、そこに微《かす》かな変化しか起こらないことを確かめた。

「大気中のマナそのものが減少しているのか……」

絢子も冷や汗をぬぐいつつマナの感触《かんしょく》を探る。

「供給されるエネルギーも同時に減少しているぞ……」

リリィからもそう声がかかった。

絢子は、冷静さを取《と》り戻しつつあった。そして、この状況ならば、うまくいけば自分でも一矢《いっし》報いることができるかもしれないという可能性があることに気づく。

「こちらも筋力は落ちるが、互《たが》いに魔術が使えないのならば、勝ち目はある！」

絢子は再び加寿子に向かって飛び込んだ。

それを加寿子がバックステップしてかわす。

「マナとエネルギーを吸収したのは、ゼロですね……。いや、魔王もそのくらいはするでしょうか……」

加寿子は窓の外にちら、と目をやった。

○

「お館様、あれはないでござるよ。結局、自力で降りられるんじゃあないですか」

「あたりまえだよ。私は馬鹿なことはしないんだってば」

淑恵は、壁に作動させたチェンソーを突き刺し、それで落下速度を和《やわ》らげ、結局、自力で地面に降り立ったのだ。

後から飛び降りたけいすは、淑恵を追《お》い抜いて地面に先に落下してしまい、柔らかい地面に半ばめり込んでいるところを淑恵に助けられる始末だった。

今、二人は、宮殿から追ってくる者がないか警戒しつつ、阿九斗とゼロの戦いを見守っているところだ。

巨大な人型の機械となったゼロは、空を見上げた視界の半分を制圧している。

その前にいる阿九斗は、ゼロと比べるとおもちゃの人形のようだ。

だが、二人の発している威圧《いあつ》感は互角《ごかく》と淑恵には見えた。

「奇妙なことだね。あんなにサイズが違うのに、発している気配は似ているよ」

淑恵は言った。

「しかし、マナの流れは違うようです。あれを……」

けいすがゼロを指さした。

その瞬間、ゼロがその長い両腕《りょううで》を、一気に左右に開いていた。風を切る音が響き、圧した空気が爆《は》ぜる音がしたが、それだけではなかった。

「マナ？　……っと！　これは……」

淑恵が額からゴーグルを下ろして周囲を確認する。その機能により、マナの流れを可視化することができるのだ。

色のついたマナが大気中に雲のように広がっている。そして、それが本物の雲だとしたら、今は台風が低空に降りてきたようなものだった。ゼロを中心に、マナが渦《うず》を巻いて吸い込まれていっているのだ。

「ふぉおお！　こりゃあ、大したサイクロンだねぇ」

淑恵はつぶやく。

回転するマナの生み出す流れは、気流となって淑恵たちの髪《かみ》を揺らしはじめた。実体となった嵐《あらし》は、周囲のマナを奪い取っていく。宮殿に近い場所から、外側に向かって円が広がるように、次々と建物の明かりが消えていく。その地では、あらゆるマナ駆動《くどう》の製品が使用不可能になり、魔術も使用不可能になっているはずだ。

「こりゃあ世紀末の光景に違いないよ。すべてを喰《く》らい尽くす黒の巨人と、自ら堕天《だてん》した天使との決戦だ。現代のアーマゲドンがまさに眼前で展開しているのさ。刮目《かつもく》して見なくてはいけないよ。こいつが、まさしく地獄《じごく》の始まりになるかもしれないんだからさ」

嵐の轟音の中、淑恵がにやりとして言った。

○

――合体はマナ吸収のためか。

阿九斗はゼロの意図を悟《さと》っていた。いくつもの人造人間を分解、再構築した身体は大量のマナを取り込み、それらを操るための高速処理を可能にするためのものだ。だが、人間のように複雑な術を使うことはできまい。つまり、力押《お》しで来るつもりなのだ。

果たしてその通りであった。拳《こぶし》がうなりを上げて阿九斗に襲いかかって来た。その拳は、マナの嵐を周囲にまとっている。

――食らえばひとたまりもない、か。

阿九斗は自らの周囲のマナの流れを制御する。物理的なマナの奪い合いでも、マナに供給するエネルギーの奪い合いでもゼロに勝るところはない。となれば、繊細《せんさい》にマナを制御して、相手の力の方向をそらしていくような戦い方にならざるを得ない。

化勁《かけい》。以前、『コンスタン魔術学院《まじゅつがくいん》』の学長から学んだ戦い方を、規模を拡大して行っているようなものだ。

まるで小型飛行機が突っ込んでくるかのような一撃を、阿九斗はすんでのところでかわした。マナの乱流を制御し、最小の力で巨大な力の方向を変えたのだ。

《いつまでも耐《た》えられるものでもない。周囲のマナはこちらが吸収し、そちらの使える量には限りがある。無理をすることもあるまい》

ゼロが意外にも気遣《きづか》うようなことを阿九斗に言う。

《なぜ、そんなことを？》

《人類を管理することが目的だ。そのためであれば本来、こちらにそちらを消す意味はないのだ》

《皇帝に完全に制御されているわけではないのか？》

阿九斗は聞いた。皇帝が自分を殺そうとしているのは確実だった。だが、ゼロはそうではない、と言う。
ゼロは答える。
《最優先事項《じこう》は別にある。人類の保護だ》
《人類の保護に反しない命令が出ている限りは従うということか》
阿九斗は納得した。
《そういうことになる。できうる限りは効率を追求したい。エネルギーを浪費《ろうひ》せず、さらには人類の数も絶滅《ぜつめつ》せぬ程度に減らしておきたい》
戦い合う二人にしては奇妙な会話だった。だが、二人だけで戦いの目的を確認し合うような厳密さこそがこの戦いの特徴《とくちょう》だと言えた。
阿九斗は納得する。
《……そういうことなら、どっちにしろ僕らは戦い合う運命ってことでいいさ》
《エネルギーの浪費だ。私が消えることなどあり得ない》
ゼロもある種の納得をしたらしい。そう言うと、再びその巨大な拳を振るった。
《……そいつはどうだか》
阿九斗は、自分の横を通過したゼロの巨大な拳に向かって行き、その一抱《ひとかか》えもあるようなその指に手を当てると、マナをその手に集中させた。

「はぁっ！」

阿九斗は気合いを発する。

と、ゼロの小指——ちょうど阿九斗の手を押し当《あ》てていた第二関節にあたる部分が爆ぜ、そこから先がバラバラになって下に落ちる。

ゼロは突き出した拳を引き、阿九斗から離れた。

《こちらのマナを利用したか》

機械が剥き出しになった指を見て、ゼロがそう分析した。ゼロがその身体に溜《た》めたマナを、阿九斗は爆発力《ばくはつりょく》に変換したのだ。

《これなら、こちらもそれほどマナを必要とはしない。身体のサイズの差は埋められる》

阿九斗は言った。

が、それが多大な集中力を要することを認識してもいた。元々はゼロが制御しているマナである。その制御の一部を奪い、自身のコントロール下に置くためには、マナひとつひとつを認識して動かしていくような精度が要求される。魔王としての能力があろうとも、純粋に精神力が問題になってくるのだ。

当然、ゼロも阿九斗が何をしているのかは把握《はあく》していた。

《それならば、機械でない身体には限界があるだろう》

ゼロは巨大な拳を阿九斗に向かって叩きつけはじめる。

――くっ……！

阿九斗はそれを受け流し、力を逃がすために後ろに飛んだ。

やや離れて隙をうかがう。

ゼロの拳は、その巨体《きょたい》に似合わぬコンビネーションとでもいうべき攻撃を繰《く》り出しているのだった。

マナの使用は人間がその身体を使って行うことが前提だ。つまり、人間と同じように二本の手足を備えている姿であることが、最も効率よくマナを使える。戦闘スタイルは、機械が行おうとも格闘技《かくとうぎ》に似る。そして、ゼロは見事なまでに二本の腕による攻撃を効率化していた。

さらに、巨体による長い手足を振る攻撃は、先端部《せんたんぶ》の速度が軽く音速を超える。拳によって大気が圧縮され、爆発的《ばくはってき》に広がった円錐形《えんすいけい》の水蒸気の雲までもが攻撃力となって阿九斗を襲う。

だが、攻撃のタイミングも、隙も、基本は格闘技のそれということだ。

――それなら、こちらも向こうのやり方に付き合うしかないってことか……！

「うぉおおお！」

阿九斗は吼《ほ》えた。

拳を握り、突進《とっしん》を開始した。

身長差は十倍ほど。大人と子供以上の差がある。

それでも殴り合いは成立した。

足を止めての殴り合いである。双方《そうほう》とも空中に踏《ふ》みとどまり、互いに激しく手足を振り回していく。

ゼロは、必殺の一撃を阿九斗の身体の中心に撃ち込むべく。

阿九斗は、小刻みな、しかし、確実にゼロの身体をこそげ取っていく打撃《だげき》を重ねるべく。

交錯《こうさく》する拳には極端《きょくたん》なサイズの差があり、そのスタイルもまるで違うものだったが、それでも確かに殴り合いは成立していた。

ゼロは阿九斗の動きを予測し、その身体の中心軸《ちゅうしんじくう》を打ち貫《ぬ》こうとする。

阿九斗は繰り出されてくる巨大な拳を弾《はじ》き、逸《そ》らし、自らの拳をゼロの拳の側面に打ち込んでいく。それは高速移動する針の穴に糸を通し続けるような行為《こうい》だった。

ゼロの演算能力と、阿九斗の精神力。そのどちらが勝っているかの比べ合いでもある。

ゼロの一撃は、数発に一発だが、阿九斗の身体の正面を確かにとらえ、阿九斗にマナを使っての全力防御を強《し》いた。これが、段々と阿九斗の集中力をこそげ取っていく。

一方、阿九斗の一撃一撃《いちげきいちげき》は、少しずつだがゼロの拳そのものを崩していく。

阿九斗の精神力が尽きるのが早いか、ゼロの身体が崩れるのが早いか。

ゼロのパーツである金属と樹脂《じゅし》、そしてマナの輝きが、ゼロと阿九斗の拳の交錯する場所から飛び散る。それは互いの精神と身体を削《けず》り合っている証《あかし》だった。

○

再び宮殿の上空まで戻ってきたヒロシは、そのゼロと阿九斗との殴り合いを目《ま》の当たりにして、背筋に冷たいものが奔《はし》るのを感じていた。

――死ぬ気なのか？

言葉としての「死ぬ気」は日常会話で使われるほど気楽なものだが、具体的な戦いとして目の前で繰り広《ひろ》げられる「死ぬ気の戦い」は、見る者の背筋を伸ばさずにはいられなかった。

――アニキの視線には気づいていた。けれど……。

ヒロシは恐怖にも似た感覚に身体を硬《かた》くする。

――本気で俺《おれ》にその後のことを託そうとしているってことじゃないか……！

それはヒロシも認識していた。かつて、阿九斗は神々というシステムそのものを破壊《はかい》しようとした。今も、その意図は変わっていないはずだ。となると、ゼロを破壊することは阿九斗の望みでもある。が、それは世の中を混乱させるためではない。魔王という存在そのものを葬《ほうむ》り去《さ》ることを目的としているはずだ。つまり、共倒《ともだお》れにならなければ、阿九斗の目的は果たせないことになる。

半ば呆然《ぼうぜん》としていたヒロシを正気に戻したのは、下方から聞こえてくる声だった。

それは、言葉にはなっていなかったが、明らかにヒロシを――ブレイブを称《たた》える声だった。下を見ると、遠巻きにゼロと阿九斗の戦闘を眺《なが》めている人々が、ヒロシの存在に気づいたようだった。

――やっぱり、俺がしなくちゃいけないことがあるんだ……。

人々からこの事態を収拾することを期待されているのはわかっていた。自分はまだ英雄《えいゆう》なのだ。

ヒロシは上空を見た。文字通り身を削る戦いを行っている二人を。阿九斗はヒロシが戻ってきたのに気づいたようだった。その視線が、一度だけヒロシに向けられた。

――わかった……。いや、わかっていた……。

ヒロシは阿九斗の視線ですべてを理解した。

○

「お館様、戦いが……」

「もうすぐ終わる……か」

けいすと淑恵がささやきあった。殴り合いが終結しつつあることは明らかだった。

ゼロはそのボディのかなりの部分を失っており、阿九斗はマナで守りきれなかった打撃によって相当なダメージを受けていた。

「勝敗は次の一撃で決まる……かな？」

淑恵が言った。

と、その目を横に動かす。草を踏む音が聞こえたのだ。

「まさか……」

淑恵は驚《おどろ》きの声をあげた。

加寿子が歩み寄ってきていたのだ。しかも、その右手で何者かの身体を引きずっている。

細身の身体からは信じられぬ凄まじい膂力《りょりょく》であった。

が、何より驚かされたのは、ぐったりと力なく、引きずられるままになっている者の姿に、だった。

「服部絢子……。まさか、殺し……た……」

淑恵が言葉を詰まらせ、聞く。

加寿子は静かに首を振った。

「マナを失っては、直接打撃しかできなくて。人間、それだとなかなか死なないんですよ」

そう言って加寿子は、握っていた絢子の両腕を放した。絢子は力なく草の上に倒れたが、微かなうめき声をあげていた。

「まだ生きてる……」

そう淑恵は胸をなで下ろしたが、状況は間違いなく悪い方に転がっている。淑恵はけいすをかばうようにして後ずさった。

加寿子は微笑む。

「そんなわけで、この方を殺すなんて手間のかかることを後に回して、けいすの方を先に手に入れておかなくてはと思ったもので。ゼロを封印する能力のある人造人間……それがどのようなものか、見せていただかなくては」

じり、と加寿子が一歩を踏み出した。

淑恵はひるむが、けいすは淑恵を押しのけるようにして前に出た。

「ここは拙者が……」

「いや、待て……」

淑恵は悩《なや》む。

けいすはマナのない状況下であっても問題なく運動能力を発揮できるようだ。普通の人間相手なら簡単に制圧してくれるだろう。だが、加寿子も片手で絢子を引きずるほどの力を発揮している。加寿子も阿九斗と同様、何らかの人為的《じんいてき》な調整がなされているのだろう。それならば二人を戦わせた場合、どうなるかはわからない。そして、完全な勝算がない限り、けいすを戦わせるわけにはいかなかった。

——無理をしても自分がやるしか……。

淑恵は意を決し、前に出て行こうとする。しかし、今の状況下では、チェーンソーすらその手には重かった。

「ほほ、無茶《むちゃ》をなさいますね……」

加寿子は笑い、さらに一歩を踏み出す。

と、余裕《よゆう》のあらわれか、ふと加寿子は上空に目をやった。

「まぁ、状況はめまぐるしく変わりますね。おや、決着が意外な形で……」

淑恵も、ちら、と阿九斗とゼロの戦いに目を転じた。

もはやボロボロになって戦い続けている二人がいた。

が、加寿子が言っていたのは、そのことではなく、視界の端をよぎった一筋の光のことだった。

それは、戦いの場をめがけて一直線に上昇《じょうしょう》していた。

「あれは……」

淑恵が声をあげた。

「ブレイブ。魔物《まもの》殺し。すなわち、魔王と名がつく者にとっては敵でしょう」

加寿子が静かに言った。

「まさか……両方とも、やってしまうつもりだって？」

淑恵が驚きに目を見開く。

ブレイブは一直線にゼロと阿九斗の戦闘区域に突進していく。

淑恵はゴーグルに手をかけた。その視界にブレイブの姿が拡大して映し出される。

ブレイブは今、まさにマントを展開していた。続いてその周辺に高温プラズマ球が出現する。ブレイブの最高攻撃力を持つ攻撃である。

ゴーグルには、それがマナに由来するものではないと分析結果が表示されている。さらに、ブレイブの周囲にはマナキャンセラーが働いており、ブレイブを中心に数メートルはマナを使用することは不可能な状況だ。

「つまり……この攻撃は防ぎようがないってこと⁉」

淑恵は声をあげた。

このままでは、ゼロ、阿九斗ともども破壊されることになってしまう。

「ゼロ、そして、魔王。双方ともが消えるなら、私は新たな方策を考えなければならなくなりますね。何しろ、ゼロが消えれば、神もその機能を失うのですから」

加寿子が言った。

「しかし……！」

淑恵は反論をしようとしたが、言葉にならなかった。

阿九斗は命をかけて、ゼロの封印でなく破壊を望んでいるということだ。それを理解しているヒロシならば、阿九斗の意志を受け入れて、双方を消去することに同意しないとも限らない。

「ああっ……」

淑恵は思わず声を漏らした。

ブレイブは、ゼロの背中を、さらに阿九斗の身体までも、その高温プラズマ球をまとった姿で一直線に貫いたのだ。

高熱のオレンジの光の線となったブレイブは、激しい戦闘の光景を一瞬《いっしゅん》にして、まさに真一文字に切り裂いてしまった。

ゼロと阿九斗は、ボロボロになった身体を、一瞬だけ静止画のように空中に横たえたが、直後に起こったゼロの爆発《ばくはつ》に飲み込まれ、オレンジの光の海の中に消え去ってしまった。

まるで小型の太陽が中空に出現したかのような光景だった。

ゴーグルをつけていた淑恵でさえ、まぶしさにその顔を逸らした。

やがて、その火球が消え去り、空中から落ちてきたのは、巨大な残骸《ざんがい》と、一体の黒焦《くろこ》げの物体。その後、ゆっくりとブレイブが宮殿の庭に降りてくる。

「あ……あ……」

淑恵が言葉を失ってうめいた。

巨大な残骸はゼロのものだろう。となると、黒焦げの物体は間違いなく……。

「よくやってくれました」

加寿子が降りてきたブレイブを歓迎《かんげい》するように手を広げた。

ブレイブは加寿子の眼前に降り立つと、会釈《えしやく》をした。

「まずは魔王を倒してくれたこと、感謝しなくてはなりませんね。あなたがここのところ評判の、謎《なぞ》のヒーローですね」

「そう言われているようです」

ブレイブ＝ヒロシは、落ち着いた声を出した。

「それならば、あなたは、この帝国《ていこく》のために、私のために戦ってくださっているということでよろしいのかしら？」

加寿子は、試《ため》すようなことをさらりと言ってのけた。

ブレイブは口《くち》の端《はし》だけをつり上げて笑った。マスクから唯一露出《ゆいいつろしゅつ》しているのは口だけだったが、それだけでも不敵な表情が見て取れた。

「そいつは違うな。国のためでも、あんた個人のためでもない。泣いている人が放っておけない性分でね」

ぴくり、と加寿子の表情が動いた。

常に穏やかだった彼女の完璧《かんぺき》な顔に、今、はじめて歪《ゆが》みが生まれたと言っていい。

「あなた……何者ですの？　そして、何のために、そんな危険なスーツをまとっていらっしゃるの？」

「どうせ中身については陛下もお気づきのことでしょう。しかし、名乗らせていただければ、こいつを着ている間だけは、ブレイブ。それ以外の何者でもありません。そして、俺の目的はふたつ。正義と平和」

「……ほ、ほほ」

加寿子はブレイブの言葉を聞いて笑い出した。

「ほほほほほ！　ねぇ、おかしいこと。どうして借り物の力で、単なる臆病《おくびょう》な学生だったあなたがそんなに大きなことが言えるようになったのかしら！」

「そいつは違うね。世の中、自分で身につけた力なんかありゃしない。大抵《たいてい》が望まずに生まれつき持っていた力か、他人が何の気なしに与えてくれた力しかない。だったら、無理をしてでも、その力にふさわしく振る舞《ま》うのが、正しい生き方だ」

ブレイブの声は揺るぎなかった。

「……ということは、あなた、魔王を殺しておきながら、私に従う気はないというわけでよろしいのかしら？」

加寿子は声をやや震《ふる》わせて聞く。

「いや。そうじゃあない」

ブレイブは首を振った。

「そう、それなら……」

「あんたが俺に従うんだ。これまでと同じ生活に戻ってもらう」

「な……」

加寿子は言葉を失った。

「ゼロは破壊された。これまで通りの社会に戻してもらおう。言いたいことはそれだけだ」

ブレイブは、そう付け加えた。

ふと、加寿子から表情が消える。だが、その一瞬後には、ほれぼれするような笑顔が戻ってきた。

「おほほほほほ！　そのようなことを私に言った人ははじめて！　でも、お気づきかしら？　マナはまだ消えていませんわ！　それは、未《いま》だ神がその機能を失ってはいないということ」

加寿子はそう言って、手の中に光の剣を宿した。

「何を……」

ブレイブが聞くと、加寿子は剣を振るった。

その切っ先が、足下に倒れてうめいている絢子の首もとに突きつけられる。

「……まだ人質《ひとじち》程度なら、この娘《むすめ》にも価値があるでしょう。違って？」

「底が知れるぞ、皇帝陛下！」

ブレイブは手を振った。マナキャンセラーを作動させたのか、加寿子の光の剣が消える。

「底が知れる？　私には底などありませんよ」

加寿子は絢子を抱《だ》きかかえると、軽く後方に跳んだ。そして、冷たい笑みをブレイブに投げる。

「ねぇ、あなたこそ底が知れますよ。二度も同じ手にはまるなんて」

そう加寿子が言ったとき、ブレイブを遠距離《えんきょり》から取り巻くように仮想異空間のフィールドが発生していた。これは空間自体を遮断《しゃだん》してしまうもので、ブレイブのスーツのエネルギーが亜空間《あくうかん》から転送されてくるのを遮《さえぎ》ってしまう。あらかじめスーツの機能を知っていた2Vが使った作戦だ。だが、淑恵はそれを知らなかったはずだが……。

「そうか……。2Vの記憶《きおく》までも、手に入れてしまったということなのか……」

一連のやりとりを見ていた淑恵が声をあげた。

「その通りです。さぁ、これで、あなたのエネルギーもそれほどは保ちませんよ」

加寿子の宣言がブレイブに向かってなされる。

しかし、ブレイブはしっかりと顔をあげていた。

「どっちにしろ、あんたの腹がわかればそれでいいんだ。こっちだって、そうそう間抜《まぬ》けでもない」

「……なんです？　もはや、あなたにできることなどないはず。マナキャンセラーの効果も落ちてきましたよ」

加寿子は、再び手の中に天叢雲剣――光の剣を出現させていた。

「しかし、あなたは無力化できれば、無理に殺すこともないのです。さぁ、おとなしく受け入れてくださいな。人々はあなたに期待していることがある。あなたの正義は、私の治世の下《もと》で発揮すればよろしい」

「それで、従わなければ、服部絢子を殺すって？」

ブレイブは挑発的《ちょうはつてき》に言った。

「さぁ？　あなたのお心次第かしら？」

加寿子は可愛らしくとぼけてみせる。

ところが、ブレイブは堂々と胸を張った。

「こっちだって、そうそう間抜けでもないと言ったのに」

そして、ブレイブは、すぅ、と手をあげる。

加寿子は、その反応に身構える。が、何も起こった気配はない。

「ふ……。何のつもりで、そんなことを……」

「俺は俺の正義を通す。悪くない魔王だっているさ」

ブレイブは、にやり、とした。

「……！　まさか……」

加寿子がその場を跳び退った。

一瞬前まで加寿子が居た空間を、黒い影《かげ》が素早くよぎった。

「謀《はか》りましたね！」

下がった加寿子が、今度は明らかに顔色を変えた。

黒い影は、するり、と絢子をすくい上げ、そこにそそり立った。

「謀ったわけじゃあないさ。何しろ、本当に身体は黒焦げになっているんだから」

阿九斗が、ぼやくように言った。

黒い影と見えたのは、まだ身体の表面が炭化していたからである。今、黒い表面が剥《は》げ落《お》ち、下からつるりとした皮膚がようやく出てきたところだ。

「どこまで馬鹿にしたことを……」

加寿子が低い声をあげる。

その声は、今までとは打って変わって聞く者に恐怖を与える響きがあった。

しかし、その顔にだけは、今までと同じ、いや、今までよりも輝きを増したような笑みが浮かんでいた。

「……あなたたち、皆を抹殺《まっさつ》します」

加寿子が宣言し、手を振った。

と、周囲の大気そのものが振動《しんどう》をはじめたような衝撃が、加寿子を中心に巻き起こりはじめた。

その異常を感知した淑恵が、はっとして声を上げる。

「これは、マナ・バースト……！」

淑恵は叫ぶ。マナを暴走させ、マナそのものを爆発、分解させてしまう術だ。当然、それらは魔術として使えるものではない。事故としてしか起こりえないものだ。それは、マナが関係しているすべての物体を四散させる爆発なのだ。

「そんな自らも滅《ほろ》ぼすような馬鹿なことを……」

「狂《くる》ったか……！」

阿九斗とブレイブは声を上げるが、加寿子はそれをあざ笑った。

「いいえ。ゼロならば直前に魔術による転送が可能。私だけは生き残れます。魔王、あなたも自分だけは生き残らせることができるでしょう。しかし、この場の全員を転送させるほどの演算能力は、基本が人間であるあなたにはないはず」

「阿九斗君に誰を助けるか選ばせる気か！」

淑恵は叫び、けいすを守ろうと彼女に覆《おお》い被《かぶ》さる。

が、けいすは、その淑恵の動きに反応しなかった。直立し、微動《びどう》だにせずにいる。

淑恵が思わずけいすの顔を見る。

けいすの目の色が変わっていた。そして、それまでとは違う口調の言葉がなめらかに口から流れ出す。

「ゼロ、第二段階へ移行。ボディを固定せず、ネットワークに浸透《しんとう》するモードへの変更《へんこう》です。早急にゼロ本体へ私を輸送してください」

「な、何を言っているの？　まさか、思い出したってこと？」

淑恵はけいすに声をかけた。けいすは、その言葉で目の色を戻す。そして、淑恵に向かってしっかりとうなずいた。

「思い出しました。ゼロは……」

しかし、その言葉を遮るように加寿子は言う。

「思い出したようですが、もう、遅いですよ」

加寿子は微笑んだ。

大地が異常な圧力をかけられたようにへこみはじめていた。加寿子の身体の周囲、数メートルほどの円形の地面を残し、その外側が地崩《じくず》れか雪崩《なだれ》でも起きたかのように下へと落ち始める。そして、その範囲《はんい》は一挙に外側へと加速していく。

「……？」

「消え去りなさい」

加寿子が冷たく言い放った。

その瞬間、光が空間を満たした。

上空から見れば、直径一キロほどの光球が宮殿を中心に出現したのがわかっただろう。

その高さは数百メートルに及《およ》び、かなりの距離から目視が可能だった。

光の持続時間はそれほど長くはなかったが、それが消えたとき、そこには誰《だれ》一人として生きているものはいなかった。ただ、巨大なクレーターだけが残されていた。

2　月に行こう

意識を取り戻した絢子《じゅんこ》は、自分の怪我《けが》が治っていることに気づき、思わず自らの手をしげしげと眺めた。

どうやら、自分は空の上にいる。見下ろすと、はるか下方に、街とそれをひどくえぐり取っているクレーターが見えた。

自分が天国に昇《のぼ》っているわけではないとわかったのは、その身体に暖かさを感じたからだ。顔を上にあげると、すぐそこに阿九斗《あくと》の顔があった。

「ひ！」

思わず声をあげていた。

それに気づいた阿九斗がうなずき、気遣う声をかけてくる。

「ああ、目が覚めたみたいだね。大丈夫《だいじょうぶ》かい？」

「だ、大丈夫だ……」

恥ずかしさに目をそらし、絢子は言ったが、頭の中で現在の状況を整理して、気を失う前に聞いていた加寿子《かずこ》と阿九斗たちのやりとりを思い出す。

「……っま、まさか、私だけ生き残らせる選択《せんたく》をしたんじゃあるまいな?」

恐ろしい考えが絢子の脳裏に浮かんだ。加寿子は、阿九斗が自分自身とあと数人しか転送できないと予告していた。ということは……。

「いや……」

阿九斗が照れくさそうに微笑んだ。

——まさか……。本当に……。

絢子は一瞬、喜びに身体を打ち震わせる。まさか、多くの人々の中から自分を選んでくれたなんて……。が、その歓喜《かんき》のすぐ後には、その考えの独善ぶりと、多くの人が死んだという恐怖がやってきた。

「ま、まさか、本当に……」

そう声を震わせて聞くと、阿九斗は照れくさそうな顔のまま言った。

「いや、転送したよ。他《ほか》の人も」

「他の人も?」

「その場の全員だよ」

こともなげに阿九斗は言った。

「全員を転送した？」

絢子は声を裏返らせた。

阿九斗はうなずく。

「やってみたらできたんだ。全員の状況を把握して、人数分の安全な場所を探し、転送したんだよ」

そう、帝都《ていと》の中心部で起こった大爆発《だいばくはつ》は、驚いたことに、一人の死者も出さなかった。爆発は周囲一キロに及び、そこが瞬時に巨大なクレーターに変わったにもかかわらず、だ。

もちろん、爆発の中心となった宮殿の周囲には人が大量にいた。彼ら、クレーターと化した地にいた人々は、瞬時に目の前の風景が変わったことだけは覚えていた。遠くにあの爆発を見たのは、その直後だ。そして、しばらく考えて後、人々は、自分が安全な地に転送されていたことを知った。

もちろん、彼らは誰が、どうやってこんなことをやってのけたのかは知るよしもない。

「そんなことが……できるのか？」

絢子もさすがに信じられなかった。

集まっていた人々は数万人になったろう。それら一人一人の場所を把握するだけでも驚異《きょうい》的《てき》なことだ。まして、それを転送するとなると、本当に信じられないほどの精神力が必要だったはずだ。砂の入った箱の砂粒《つぶ》をひとつひとつ把握し、それを別の場所に一個ずつ移《うつ》し変えるような行為だ。

加寿子もそれは不可能だと信じていたからこそ、マナ・バーストを引き起こしたのだ。せいぜいが阿九斗が抱きかかえた数人しか助けられないと踏んでいたようだ。

「でも、まぁ、できたんだから。他の皆は少し離れたところに転送しておいたよ。でも、君は意識を失っていたから、僕が連れて逃げたんだ。怪我も僕が治しておいたよ」

阿九斗はごく当然のことのように言った。

「そ、そうなのか……」

絢子は胸をなで下ろすが、一方でどこか残念に感じてもいた。

「それじゃあ、降りようか。みんなを転送させた先に行こう」

阿九斗はそう言って降下を開始する。

その速度はひどくゆっくりしたもので、絢子は身体を阿九斗と密着させていることがひどく恥ずかしく感じられはじめた。先程の考えの後ろめたさもあったのかもしれない。

「わ、わかった……。と、ところで、少し離れられないか？　私だって飛翔魔法《ひしょうまほう》くらいなら使えるから……」

絢子はそう切り出した。と、阿九斗は首を横に振る。

「ごめん。少し我慢《がまん》してもらえるかな？　離れたら、酸素が足りなくなるんだよ。僕が酸素と熱を周囲から集めているから。それに、普通の飛翔魔法が使えるほどマナの濃度《のうど》も濃《こ》くないんだ」

困ったように阿九斗は言った。

「ここは、そんなに高いのか。だが、それなら、早く下に降りればいいだろうに。今のお前なら、あっという間に下に降りられるのだろう？」

もじもじしながら絢子は言った。

「いや……少し、二人だけで話しておきたいことがあって」

「え？」

絢子は驚いて、阿九斗の顔を見る。彼は今、久しぶりに見せる年齢相応の少年の顔で、妙《みょう》に照れたように目を泳がせていた。

「ど、ど、ど、どうしたんだ。お前、そんなにあらたまって」

妙な雰囲気に、絢子もしどろもどろになってしまう。

すると、阿九斗は、すまなそうに、ゆっくりと話し始めた。

「僕は神の力をすべて使えるようになったから……つまり、他人の生活の記録を見ることができるようになってしまったわけで……」

「え？　ちょっと待て。それは、つまり、私のこれまでの生活の記録を見てしまったとか、そういうことなのか？」

絢子は慌《あわ》てた。

すると、阿九斗は、気まずそうにうなずいた。

「……ごめん。だから、二人きりの時に謝《あやま》っておこうと思って」

「ば、馬鹿っ！　そ、そんなもの、覗きみたいなものじゃないか！」

「だ、だから、ごめん。でも、僕に関係あるところしか見ていないから……」

「それだけで十分だ！　ま、ま、まさか、私がお前のいないところで何をしていたか、わかってしまったというわけか？」

絢子は顔を真っ赤にして、首を左右にぶんぶんと振り回した。

「……うん。その……なんと言ったらいいか……」

「うわぁああ！　やめろ！　すると、私の気持ちに気づいてしまったと……。まさか、そういうことなのか？」

「うん……そうなんだ」

阿九斗は、小さくうなずく。

絢子は、「ひぃいい」と小さく甲高《かんだか》い悲鳴をあげ、自らの顔を覆った。だが、阿九斗が無言でいると、観念したのか、あるいは自棄《やけ》になったのか、震える声で聞く。

「……じゃあ、私のことを、受け入れてくれるのか？」

すると、阿九斗は真面目《まじめ》な顔で答えた。

「もちろん」

「え……え……」

絢子は、手を広げ、信じられない、という顔で、阿九斗を見返した。そして、ほとんど泣きそうになりながら、喜びに唇《くちびる》をわななかせる。

「じゃ、じゃあ……私を……。私を……」

そう言いながら、絢子は阿九斗の身体に腕を回す。

「大丈夫。守るよ。その……君が、僕の理念に共感して、国に反逆してくれたことがわかったから」

阿九斗はきっぱりと言った。

雲行きが怪《あや》しくなってきたことに、絢子は気づいて、腕の力を緩《ゆる》める。

「……ちょ、ちょっと待て。理念……？　共感？」

「え？　だって、そう言っていたじゃないか。君は淑恵《よしえ》さんのことを警戒していたけれど、彼女に会って話をしてから、精神状態が変化して……。戦う精神状態になった」

「そ、それはだな……」

絢子は口ごもる。

それは淑恵と絢子が気が合うだろうと阿九斗が言ったことが原因なのだった。淑恵は女性だが、絢子と出会ったのは仮想異空間の中でのことで、その時は淑彦《よしひこ》と名乗り、男性の姿をしていたのだ。絢子としては、自分が男性と付き合うべき、と阿九斗に言われたと思い込んでいたのだ。

しかし、それと理念との間には何の関係もない。というか、阿九斗は、実は絢子の内心を何も理解していないとしか思えない。

そのことを証明するかのように、阿九斗は決意を込めて言った。

「それは、君が淑恵さんと話して、僕のしようとしていることを聞き、それに共感してくれたからだとわかったんだ。だから、僕も君に応《こた》えるためにも、この戦いをやりとげるよ」

「……もしかして、その……私がしていたことを見たと言っても、そこしか見ていなかったのか？　私が毎晩ベッドでしていたこととか、一人の時につぶやいていたこととか、そのあたりは見ていないのか？」

複雑な表情になった絢子は、早口で聞く。

阿九斗は不思議そうな顔になった。

「そうだけど……。もちろんプライベートなことは見ていないよ。そんな失礼なことをするわけがないだろう？」

「は……は……はは……。そうだよな。するわけない……よな……」

絢子は半ば呆然としながら笑った。

「うん。ところで何か変なことをしていたの？」

「いやいやいや！　まさか！　そんなことはないぞ！　さ、さぁ、早く皆のところに行こう。君の決意はわかったから」

絢子はそう言って、脱力《だつりょく》した様子で天を見上げた。

「大丈夫？　どこか痛めているとか、寒いとか？」

その様子に気づいた阿九斗は聞いた。

絢子は首を振ってから、阿九斗の頭をこづいた。

「なんともない……。だけど……とりあえず殴らせろ」

それから、絢子は何度も阿九斗の頭に拳を振り下《お》ろした。

「痛い。痛いよ。身体は丈夫《じょうぶ》でも痛みは感じるんだ」

阿九斗はぼやいた。

「知るか！　しばらくおとなしく殴られておけ！」

絢子は怒鳴《どな》り、段々と拳に本気の力を込めはじめた。

○

「こんな転送が可能だったとは、皇帝も力を見誤っていたということだねぇ」

淑恵は、遠くに爆発後のクレーターを見ながら、感慨深《かんがいぶか》げに言った。

「本当にあーちゃんがやったってこと？」

聞いたのは、けーなである。彼女は今は服を着ていた。脱いでいた服も一緒《いっしょ》に転送されていたのだ。

今、彼女らは宮殿跡《きゅうでんあと》を望むビルの屋上にいた。そこに転送されたのは、淑恵、けーな、けいす。そして、ヒロシも。エネルギー切れで動けなくなっていたところを同じように転送されたのだ。

「それ以外にいないでしょ。能力的には信じられないけれど、アニキなら全員を助けようとするに決まってる」

ヒロシが、どこか照れくさそうに言った。

「その場にいた全員を救った……。まさに神の所行ってところかな。でも、神の力としか思えないだけに、誰もそれを魔王がやったとは思わないだろうね」

淑恵がそう言って、ビルの下に目を移した。道路には、宮殿の周囲に集まっていた人々がひしめいている。会話の様子は聞き取れないが、それを加寿子がやったと思っている者がほとんどだろう。

「奇跡《きせき》としか思えないから仕方ないでやんしょうね」

ヒロシもこの面々の前では素の口調である。

「まぁ、感心してるのもいいけど、こっちはこっちで聞かなくちゃいけないことがあるんだよねぇ」

淑恵は不意にけいすに向き直った。

けいすは、これまでとは打って変わった真剣《しんけん》な表情でうなずく。さらには口調までもまともなものになっていた。

「記憶を取り戻しました。おそらくは、ゼロの覚醒のためかと。私の頭脳はゼロに関連づけられているようです」

「そういうシステムになってたわけね。で、ゼロも覚醒をするって？」

「第二段階と言います。中心たる操作対象をもたず、神とほぼ同化した状態です」

「どういうこと？」

「今まで姿を見せていたゼロは、いわば端末《たんまつ》です。その端末を放棄《ほうき》することで、中心部から直接に神々のネットワークを侵食《しんしょく》しはじめる状態に移行したということです」

「……ゼロが神々が神々たるための中核《ちゅうかく》という話だったけれど、その中核自体がコンピュータ・ウィルスのように神を侵食しはじめたというわけか」

「つまりはそのようなことです」

「それで、封印の方法というのは？　ゼロの第二段階がそのようなものなら、コンピュータ・プログラムに対してワクチン・プログラム的なものを撃ち込むことになるのかな？」

「いいえ。ゼロの本体……つまり、ゼロは自我を持っており、それは生まれた地に固着しています。その自我を抑《おさ》え込む。それこそが封印です」

けいすが言った。

淑恵も、さすがに首をひねる。

「自我……？」

「自分が自分であるという同一性を意識し、それを思考の中心とするという考え方のことです。神々も人造人間も、本来、そのような自我を持っていません。ゼロだけがそれを持ち得た。そして、それが神々の自律思考を支えているのです。その自我を、抑え込まなくてはなりません。そして、自我がブラックボックスである以上、ゼロ本体に直接触れ、物理的に処置を施《ほどこ》さねばなりません」

けいすは、そう言って自らの身体を指さした。

「私が触れ、自我そのものを抑え込む処置をしなくてはなりません。私はゼロのブラックボックスを包む身体とリンクしています。私もゼロの一部という言い方も可能でしょう。私ならばゼロの自我をいわば〝睡眠《すいみん》〟させることができるのです」

淑恵は、「なるほど」とうなずいた。そして、けいすに聞く。

「ともかく、生まれたところに行けばいいわけか。で、それはどこなの？」

そう聞かれたけいすは、自らを指していた指をなぜか上へと持ち上げた。

「上？　何か来たの？」

「ん……何もないよねぇ？」

けーなと淑恵はいぶかしんだ。そこには、昼間の青白い月が小さく見えているだけだったからだ。

ふと、淑恵は気づく。

「まさか……」

けいすがうなずいた。

「月です。月に行かねばなりません」

「そりゃあ……まいった。宇宙開発は現在では衛星軌道までだ」

淑恵は驚き、お手上げだ、と両手を広げた。

「昔は、月に研究都市があったって歴史の授業では聞いているけど」

けーなが言った。元々、学校の勉強だけはできるけーなである。

「さしたる成果も得られなかったため放棄され、後の魔術文明全盛のために忘れられた。もちろん外宇宙への進出も魔術文明との相性の悪さから意識されてすらいないが……」

淑恵が月の研究都市について知っていることを再確認するように言った。

「それは違います」

けいすは首を振った。

「月の都市が放棄されたのは、皆さんが歴史で習ったのと違い、ゼロを封印するためです。ゼロは月の都市の制御プログラムそのものでもありました。しかし、ゼロを起動させなければ月都市は機能しない。月を放棄するしかありませんでした」

淑恵は驚く。考えてみれば、ゼロが魔術文明の黎明期《れいめいき》の出来事に関係しているのは当然のことなのだが、知られていたこととはあまりにも違っている。

「驚いたねぇ……。しかし、封印は月に行かなければならないのに、どうして地上からゼロの封印を解くことが可能になっていたの？」

「眠《ねむ》っているゼロを神々の根幹システムとして機能させるため、私は地上にいて、ゼロとのリンクを保っていました。私が安全弁として調整を行っていたのです。そして、いつかゼロのブラックボックスを解明せんがため、私を通じてゼロの調整が可能なようになっていたのです」

「それなら、そのための研究機関が存在したはずだよねぇ……。私も公務員だけど、そういう噂《うわさ》は聞いていないな。考えられるのは、黒魔術師《まじゆつし》と、ＣＩＭＯ８《サイモエイト》……」

淑恵は、様々な事象が一点を指していくのを感じていた。

「まいったねぇ、これまでの謎とされていたことが妙に符合《ふごう》していくよぉ。何故《なぜ》、宇宙開発がタブーとされてきたのか。何故、黒魔術師が皇帝直轄《こうていちよつかつ》として生き残っていたのか。何故、最初の魔王戦争が起こったのか……」

真剣に、しかし、面白そうに淑恵は自分の思考を述べはじめた。ヒロシがそれを遮って言う。

「考えるのは後でいいかもしれませんや。どうやっても月には行けないんじゃないんですかねぇ？」

その疑問を受けて、淑恵はけいすを見る。

「これまでの話だと、実は、月に行く簡単な方法も存在することになるよね？」

けいすはうなずいた。

「はい。月に行く転送円があります」

ヒロシもそれを聞いて手を打つ。

「ああ、そうか。再封印《さいふういん》の必要が出るかもしれないから、移動手段はあったのか。それはどこに？」

「『コンスタン魔術学院《まじゅつがくいん》』の地下にあります」

「なるほどねぇ。やっぱり最初の戦争は、それをめぐっての攻防《こうぼう》だったってことになるよねぇ……」

淑恵は感嘆《かんたん》の声を漏らした。

けいすは、それには答えず、さらに話を続けた。

「しかし、ゼロも転送円の場所を知っています。さらに神と同化したゼロは、さらに精密な戦闘システムと化し、私を破壊にかかってくるはずです。あらゆるマナ準拠《じゅんきょ》のシステムが……つまり、信号機や空気清浄機《せいじょうき》に至るまでが、私や魔王を破壊せんとしてくることになるでしょう」

恐ろしいことをけいすは言った。

「それは、なんというか、厄介だねぇ。じゃあ、あんまり町中にいるべきじゃないってことだよね。でも、ゼロは君を知覚できないんだよね？」

淑恵が聞くと、けいすはうなずいた。

「そうです。ですから、ゼロは、転送円に近づく者はなんであれ攻撃するように設定した人造人間を配置するはずです」

「より全面戦争に近くなるわけだよね。いや、といっても向こうは社会全体でもあるわけだから、どちらかというとこっちが悪役かぁ。すると、全面戦争というよりは、私たちが勝手にやってる社会への反抗《はんこう》ってこと？　そのわりには話の規模が大きいけどねぇ」

淑恵が苦笑いを浮かべる。

「巻き込んで悪かったと思っているよ」

不意に淑恵の言葉に答える声があった。

上空から絢子を抱《かか》えた阿九斗が降りてきたのだ。

「あーちゃん！　絢子ちゃんも！」

けーながが声をあげ、阿九斗たちに駆け寄《よ》った。

○

阿九斗を見上げたヒロシも笑いながら駆け寄ろうとしたのだが、阿九斗の顔を見たとたん、足が止まってしまった。

心情としては、もちろん、阿九斗に今も寄り添《そ》っている。

だが、先程、阿九斗を撃ち落とす芝居をしたとき、阿九斗が一瞬見せた表情を思《おも》い浮かべてしまったのだ。

ヒロシは最初から芝居を打つつもりだった。阿九斗もそうして欲しいと願っていると信じた。だが、その表層のみを焼くべく直前でプラズマを炸裂《さくれつ》させたとき、阿九斗はヒロシに微笑んではくれなかった。その表情には、静かな覚悟だけがあったのだ。

——あれは、殺されても構わないと思っている顔だった……。

阿九斗にそういうところがあるのはわかっていた。以前、直接対決した時も、そのような顔を見せたことがある。だが、以前のそれは、自殺よりは殺された方がマシと信じていたか、あるいは自分を殺せないと確信してのものだった。いわば、不敵で自信にあふれたそれだ。

しかし、今回のそれは、まるで意味が違っていた。

——あっしにその後のことを任せようとしていた……。

阿九斗は、死後の処理を自分に託そうとしているのだ。全幅の信頼《しんらい》をおかれているといえば聞こえはいい。だが、ヒロシには、それは少々重たく感じられた。つまり、ヒロシは決定的に〝正義〟の側に立つことを求められているからだ。

今回の戦いで何が起ころうと、阿九斗は自分が滅びるような形で幕を引くだろう。だが、その後の正義の側は滅びることも、綺麗《きれい》に敗北することも許されない。衰《おとろ》えようが、非力だろうが胸を張って戦わなければならない。決して心の平安は訪《おとず》れないのだ。

じわり、と心に生まれたそんな違和感《いわかん》をヒロシはとりあえずは抑え込む。そして、ヒロシは阿九斗に歩み寄った。

「話は聞きやしたか？　まさか、月への転送円を目指さないといけないなんて……」

「聞いたよ。だけど、僕は、これからは君たちに戦ってくれとは言えないな」

阿九斗は言った。

その言葉に、ヒロシは心にちくりと来るものを感じる。その気遣いは自分に向けられたものではないからだ。それは阿九斗に力を認められている証でもあったが、妙に心に重かった。

それでも、ヒロシは阿九斗に握手《あくしゅ》の手を出した。

「本当のことを知っていたら、やらないわけにはいかないっすよ」

「ありがとう」

阿九斗はヒロシの手を握った。

その握手の温かさと力強さで、ヒロシはなぜ心に重さを感じたのかを理解した。

阿九斗は、ヒロシを自分と同等の存在と見なしているのだ。

――それは買いかぶりっすよ。あっしはそんなに強くない。結局、スーツがないと何もできないんだし……。

ヒロシはそんな内面を気取られないように話を実務方面に変えた。

「やるとなったら、状況を見てみた方がいいんじゃないんすか？　アニキ、学校の近くの景色ってスクリーンに出せます？」

「ああ」

阿九斗はうなずき、マナスクリーンを展開する。映し出されたのは、『コンスタン魔術学院』の周囲だ。

横合いからそれをのぞき込んだ淑恵が感心した声をあげた。

「ゼロが全権を握っている今、私たちが魔術を使うのは困難だからねぇ。それにしても、今の君はなんでもできるね。しかし……これは、どうなの？　動かせる全軍が揃《そろ》ってるんじゃない？」

学院の敷地《しきち》には人造人間の兵士たちが展開していた。元々広大な敷地だが、そこには数千体と思われる人造人間と、数百の戦闘車両が展開していた。

「宮殿周辺では向こうも市民を巻き込まぬように軍は展開できなかったけれど、ここでは違うってわけかぁ。魔法《まほう》円の防御が主眼だから、戦艦《せんかん》が出ていないだけマシなのかな」

「でも、これだけの数を揃えられたら、あっしとアニキ以外には戦えないっすよ」

ヒロシが言うと、それには阿九斗もうなずいた。

「僕らだけでけいすを連れて行くしかないね」

その阿九斗の言葉を遮るように、それまで黙《だま》っていたけーなが口を開く。

「やっぱり、駄目だよ、あーちゃん」

「駄目？」

「危ないもん」

言わずもがなのことを言うけーなに、さすがに一同は驚いたようだった。ぽかんとしてけーなを見つめる。ヒロシも戸惑ったが、一方で感心もしていた。

――けーなちゃんは、思ったことが素直に言えるんだなぁ……。

そして、そのことが阿九斗の本心を引き出してしまうようだった。

「そりゃあ、危ないことはわかっていたわけで……」

「もちろん、あーちゃんのしたいこともわかるし、しなくちゃいけないことのような気もするけど、だけど……」

けーなは潤《うる》んだ目で阿九斗を見上げた。

「確かに、僕だってきっと何度も死ねないや……。でも、僕は、きっと、こういうことを終わらせるために生まれてきたんだ。だから、仕方ないんだよ」

阿九斗は、どこかあきらめたような、すべてのものに倦《う》んでしまったような、独特の目をして言った。

と、けーなは頬《ほお》をふくらませた。

「もう！　次にそんなこと言ったら怒《おこ》るからね！」

「もう怒ってるじゃないか。でも、怒るのもわかるよ。君も今回は危険な目にあったし、目の前でとんでもない爆発を見せられたりしたわけで……」

「そういうことじゃなくて！」

けーなは怒る。

それを見ていたヒロシにも、けーなの気持ちは理解できた。いや、むしろ自分の苛立ちをけーなが代弁してくれているかのようで、ヒロシはそれが自分で言えなかった情けなさを身にしみて感じていた。

――いつか、ひどいことにならないといいけれど……。

そうヒロシが思った時だった。いきなり阿九斗が後方を振り返った。

「あれを……！」

屋上の一角に、奇妙な空間のひずみが巻き起こっていた。それはマナによる転送の際のそれに似ていたが、まるで違う何かだった。一同には、それがよく理解できていないようだったが、ヒロシには、そのひずみが何なのかがすぐにわかった。

「これは、マナじゃない……」

ヒロシは驚きに目を見開く。それはスーツを呼び出すときの空間のひずみと同一のものだったからだ。

そして、過去、ブレイブのスーツ以外で、それを用いた者は、一人しかいなかった。

「大和《やまと》……望一郎《ぼういちろう》……」

阿九斗はつぶやく。

かつて、けーなによって神々に謎の儀式《ぎしき》を捧《ささ》げようとした男である。未来からやってきて、人類の滅びを知っていると主張していたのを確かにヒロシも覚えている。

その現代では不可能な技術による転送を成《な》し遂《と》げた男は、細身で白衣をまとっていた。

気取った印象はないが、確かに美形の男である。その彼は、かけていた眼鏡の位置を直すと、挨拶《あいさつ》もせずに、こう切り出した。

「私には策がある。それを実行してもらおうと思うのだけれど」

妙なことを言う男に、ヒロシは身構える。

──あの男と同じ力を使う男……。

「いきなり何だ……。策を実行してもらおうだと？　何者だ？」

ヒロシは緊張を悟られまいと声を張った。

と、男は、「しまった」とでも言いたげに首を振った。

「ああ、そうだった。挨拶が遅《おく》れたが、用件は最初に言っておく癖があってね。倉橋賢人《くらはしけんと》。CIMO8のメンバーだ。だが、君たちからは私に対してある種の信頼が得られると信じているよ」

その男、賢人は言った。CIMO8のメンバーでは最後に2V《ツー・ブィ》と会話した男である。

「CIMO8……つまり、大和望一郎の組織の……」

ヒロシはつぶやく。だが、これまで接触《せっしょく》したメンバーがブレイブのスーツの力を使ったことはなかった。彼は特別の事情を知っているのかも知れなかった。

「まさか……」

と、淑恵が突然《とつぜん》、声をあげた。

「コードネームUSD？」

そう指摘《してき》された賢人はうなずいた。

「仲間内ではそう呼ばれているな」

「木多《きた》さん、知っているの？」

絢子が聞くと、淑恵は妙に熱の入った口調で語りはじめた。

「『コンスタン魔術学院』の卒業生で、最高の成績だった人物だよ。魔術研究者として最高の栄誉《えいよ》であるアルファ賞を手に入れ、別分野では数学は言うに及ばず、美術でも高い評価を受けている天才。あるときから司祭職を半分引退していたから、聖職者の間ではＣＩＭＯ８のメンバーになったと噂があったんだよ。そして、リーダーであった大和望一郎以外では、唯一、ＣＩＭＯ８で名が知られている人物。優秀《ゆうしゅう》すぎてその名を隠すことができなかった傑物《けつぶつ》。そのコードネームは漏れ聞こえた限りではＵＳＤ。史上最強と言われた男なんだよ」

淑恵の好きそうなプロフィールである。

賢人は厄介な者にからまれたな、とでも言いたげに眼鏡の位置を直したが、その言葉を訂正《ていせい》はしなかった。

「その転送のやり方……。魔術とは違う。そもそも誰かが魔術を使えば、僕には感知できる。だけど、それが大和望一郎から習ったものだとすれば、納得できる」

阿九斗が言うと、賢人はうなずいた。

「確かにそうだ。それこそが私の言っている、ある種の信頼、だよ」

その言葉はヒロシには一番、重い意味があった。

ブレイブのスーツをヒロシに与えたのは大和望一郎だったからである。

「信頼……というが、素性がわかっただけだ。つまり、あんたはどっち側、なんだ？　敵か、味方か」

ヒロシが語気強く聞いた。

「どっち側、かといえば、どちら側でもない。つまり、皇帝か、君たちか、という意味での理解で言っているが。しかし、今は君たちに協力しなければならない。つまり、私は君たちにゼロを封印して欲しいと思っている」

賢人は噛《か》んで含めるように言った。

「何のつもりだ？」

ヒロシは相手の意図が読めずに聞く。

「そうだね。理由は今は言えない。だが、君は……」

賢人はヒロシを指さした。

ヒロシはぎくりとする。

「君は私の言うことを聞かないといけないはずだ。君は私たちが与えたスーツを使っているのだから」

賢人の言葉は、ヒロシの心に突き刺さった。

「何だ……と……」

するとと、阿九斗がヒロシを遮って声をあげた。

「私たち？　すると大和望一郎がいるのか？」

賢人は、それに首を横に振った。

「行方《ゆくえ》は把握していない。死んだと考えている。確認したわけではないが」

「すると、技術を引《ひ》き継《つ》いでいるのか」

阿九斗が聞くと、賢人はうなずいた。

「完璧にね。歴史が改変されるか、されないかは議論の分かれるところだが、将来、この技術の発明者は私ということになっているだろうね」

賢人がヒロシに目を向けてわずかに笑った。

「つまり、はっきり言えば、君にはスーツは貸与《たいよ》しているということになる。君以外は使えないように設定されているが、取り上げるのは私の勝手にできる」

「何だ？」

ヒロシは動揺を隠せなかった。声が震える。

「……つまり、脅《おど》しているのか？」

賢人はそんなヒロシを笑う。

「そう受け取るのは勝手さ。だが、こちらは、お願いしているだけだ。取引の材料はこちらにはない。ただ、戦わなければ、スーツは必要ないだろう？　それとも、君は自警団にでもなりたいのかな？」

賢人の口調は挑発的なものでなく、ごく真面目なものだった。それだけにその言葉の意味は激しくヒロシの心には響いた。

スーツの力が借り物であることは承知していたが、それを与えた者が目の前にいれば、さらにそのことを強く意識させられるばかりか、その貸与者のいわば奴隷《どれい》となる可能性もあるのだと実感させられる。

だが、どういうわけか、ヒロシはスーツを捨てるという選択を選べないでいる自分を感じていた。今は、阿九斗と共に戦わなければならないのだ。

「……俺は、自分の意志で戦う。それだけは言える」

苦しげにヒロシは言った。

が、それを賢人は笑う。

「そう。それを自警団と言うのだよ」

そう賢人は言った。ヒロシは何も言い返せなかった。

そんな賢人の態度を気に入らないのか、阿九斗は低い声をあげる。

「では、なぜあなたは直接、力を貸してくれない？」

すると、賢人はこう言い放った。

「私は、傍観者《ぼうかんしゃ》なんだ。そうでなければならない」

「この状況で、傍観者でいられるということがあり得るのか？」

阿九斗は半ば呆《あき》れたように聞く。

と、賢人はそれにうなずいた。

「今回の件も、一段上から見れば、傍観するしかない状況なのだよ」

「一段上？　寝言《ねごと》はもういいさ。そちらの情報とやらを渡《わた》してもらおう」

阿九斗は不機嫌《ふきげん》さを隠そうともせずに言った。

「いいとも。それは……」

賢人は、驚きの策を話し始めた。ヒロシもその計画の中枢《ちゅうすう》を担《にな》うことになっていた。

ヒロシは内心でうめきながら、その言葉を聞いていた。

○

一方、その頃、江藤不二子《えとうふじこ》だけは別の場所にいた。

郊外《こうがい》の公園である。同じように転送された人々がぽつぽつと見られる。彼らはその身に起きた奇跡に驚き、近くの人々と思い思いの言葉を交わしていた。

不二子も近くにいた中年の婦人に話しかけられる。外面《そとづら》はいい不二子であるから、そつなく会話をこなし、婦人がこの奇跡が皇帝によってもたらされたと信じ込んでいることを知った。

——なるほどねぇ……。なんと愚《おろ》かなことでしょう。

そう呆れたことはおくびにも出さず、不二子は婦人に話を合わせ、皇帝をひとしきり褒《ほ》め称《たた》えて、マナ・バーストを起こした魔王に呪《のろ》いの言葉をかけると、挨拶をしてその場を離れた。

呪いの言葉はもちろん不本意だったが、公園を少し歩いて状況を確認すると、一人だけこんな場所に転送されたことに不二子は気づき、阿九斗に対する呪詛《じゅそ》は本心からでも良かったかもしれない、と思い始めた。

「ああ……もう、阿九斗様……わたくしだけ逃げ出したからって、こんな仕打ちとは……」

そんな風にぼやく不二子だったが、ふと視界の端に認めた者の姿に足を止めた。

そして、驚きに口を丸く開ける。

「あら……まぁ！　こんなところで……！　いや、それが阿九斗様の真意なのだとしたら、確かに粋《いき》なことをしてくれたとしか言いようがありませんわね！」

不二子は口の中でそうつぶやく。

確かに、偶然《ぐうぜん》とは思えなかった。阿九斗は、その人物も近くに転送してくれたに違いなかった。不二子は呪詛を内心で撤回《てっかい》すると、距離をあけて追跡《ついせき》をはじめた。

その彼は、何やら人目を気にしているらしかった。人のいない方へ、いない方へと歩いて行く。この場合は、公園の奥の方だ。木々が茂《しげ》っているところへと向かっているらしい。

後ろ暗いところがある人物に特有の行動だ。

「あらまぁ……都合がいいこと」

不二子はほくそ笑む。時折、後方を振り返る彼の視線に気をつけながら、さらに後をつけ続けた。

そのもじゃもじゃ頭が印象的な男こそ、鈴木《すずき》一成《いっせい》である。

彼こそ黒魔術師たちの頭目だった男である。だが、その頭目という地位は、皇帝との密約により与えられたものだった。秘密を保持し続け、黒魔術師本来の姿を隠し続ける、というのが、頭目に与えられた使命だったのだ。

熱心な黒魔術師であった不二子にとって、それは恨《うら》むに十分な理由であった。長年にわたり人々を騙《だま》し続け、黒魔術師たちの勢力の発展を阻害《そがい》してきたのだから。

――阿九斗様が与えてくれたチャンス、最大限に活《い》かさせてもらいますわ。

不二子はほくそ笑んだ。一成が人気のない場所で木にもたれて座り込んだのを見計らうと、静かにその木の後方から近づき、裏側から一成の首に、彼女が得意としている鞭《むち》を素早くからめた。

その挙動は音もなく行われ、一成には声をあげる暇《ひま》もなかった。驚き、身体をびくりと震わせた後、息苦しさに気づいたかのように喉《のど》に手を泳がせた。

「奇遇《きぐう》というべきなのかしら？」

不二子は木の後ろから鞭を締め上げつつ、一成の頭部を背後からのぞき込んだ。

「それとも計算された結果なのかしら？　いずれにせよ、後ろ暗いことはしたくありませんわね。いいえ、後ろ暗いことをしたくらいで堂々と人前を歩けなくなるような根性ではいけないというところかしら？」

その声で一成は自分の首を締め上げている者が誰なのかわかったようだった。

「や……やめろ……。加寿子のあの所行は見た……私も、彼女があそこまで狂っているとは思っていなかった……。許して欲しい……」

一成は苦しげな声をあげた。

不二子は底意地の悪い声を出す。

「許す？　その件について恨んでいるのではなくってよ」

「そ、それもわかっている……。秘密を話そう……。そして、協力しよう……」

「協力……？」

不二子は鞭を握る手にさらに力を込める。

「ご、ごほっ……わかった……協力ではない。君に従おう……」

「わたくしの性格、もう少しきっちりわかっていただく必要があるかしら？　でも、出会って間もないですし、ご説明差し上げないと無理ですわね。わたくし、どん欲ですの」

じらすように不二子は言い、手に込めた力を調節しはじめた。

「わ、わかった……黒魔術の遺産を譲《ゆず》る……。それでいいだろう……？」

一成から引き出した条件に不二子はほくそ笑む。

「それはどうも。でも、それほど油断する気はありませんの。生かしておいてあげますから、このままでお話しくださいませね」

不二子はやや手の力を緩めた。しかし、絶妙《ぜつみょう》な力加減というべきか、決して呼吸は楽にさせない。

「仮想異空間での殺しの体験というのも、こういう風に役に立つんですのねぇ」

物騒《ぶっそう》なことを不二子は言った。

「く……ごほっ……。ほら……あの店から秘密の部屋に転送するためのパスワードだ……。古典的にキーワードを記憶しているだけだから、手帳に書く……」

一成は、震える手でポケットに手を入れ、一般的《いっぱんてき》なマナ式の手帳を出すと、そこに何事かを打ち込んだ。手の中で行われた作業だったので、不二子からは何を書き込んだのか見えなかった。

「ここに……書いた……」

そう言って、一成は手帳を、ぽん、と遠くに放《ほう》り投げた。そこに行くためには鞭から手をはなさなくてはならない程度の距離はある。

その意味を不二子は悟った。

「あなた……ふざけた真似《まね》をしてくれましたわね」

と、一成は「へ、へ」と力なく、しかし、安心したように笑う。

「……君の欲が深くて助かったよ。私は墓守《はかもり》のような仕事はどうでもいいが、生きてラーメンのどんぶりを重ねなくてはならないからね。パスワードには本物を書いた……と思うが、間違えていないとも限らない」

「ふん。命拾いをしましたわね」

不二子は鞭をゆるめ、木を挟《はさ》んで後方に飛び退き、距離を取って一成の側に回り込んだ。

しかし、一成はすでに走って逃げ出していた。

その後ろ姿を見、とても追いつけないと悟ると、不二子は手帳を拾いに行った。

そこには不規則な文字列が書かれていた。出任せで書いたにしては、規則性がなさ過ぎたので、パスワードは本物だろうと思われたが、確かめてみないことにはわからない。

「一杯《いっぱい》食わされた、とは思いたくありませんわね。真の黒魔術の再興……わたくしの手でやってみせませんと。その前に、加寿子とゼロをなんとかしないといけませんが……」

不二子はつぶやき、手帳を確認した。さして重要な情報はなさそうだったが、一成の連《れん》絡《らく》先《さき》は手に入った。彼に直接念話をすることは可能だろうし、うまくやれば一成の居場所は特定できる。

——加寿子を倒す手助けをする……というのは出任せでしょうけれど、ひょっとしたら、加寿子に関する情報を本当に持っていたかもしれませんわね……。

しかし、不二子自身には、自分が命を危険にさらしてまで加寿子を倒す気はない。が、阿九斗の力にはなっておきたいところでもある。

「生徒会長にでもこの情報を売りましょうか。彼女は加寿子への復讐《ふくしゅう》には躍起《やっき》になっているでしょうから、一成の拷問《ごうもん》くらいしかねませんものね。面白いものが見られるかもしれませんわ……」

不二子は、我ながら邪悪《じゃあく》な思いつきが浮かんだ、と満足すると、パスワードを記憶し、手帳からは消去した。本物ならば、本当の黒魔術が自分の手で再興できるはずだった。

3　さよならを言われても

夜になった。

阿九斗《あくと》たちは郊外の廃屋《はいおく》に移っていた。かつては工場だったようだが、放棄された今では、剥き出しの土が広がるがらんとした空間に屋根がかかっているだけの寒々とした場所でしかない。

淑恵《よしえ》が隠れられそうな場所を記憶していて、そこに阿九斗が全員を転送したのだ。今やゼロは帝国全土のマナの流れを監視《かんし》している。その目から逃れられるのは、同様の力を持つ阿九斗、マナキャンセラーを使えるブレイブ、そしてけいすの三者だけだ。

今は阿九斗がどこからか持ってきたキャンプセットを廃墟《はいきょ》の中心に広げ、ランプの明かりを中心に全員が思い思いの格好で座っている。格好の隠れ家が《が》見つかったことで、しばらくは安全に過ごせそうだった。それまで地図を確認していたヒロシが、近くを見て回るつもりなのか、阿九斗に断りを入れて出て行くが、その後は、ここ最近では珍《めずら》しくのんびりとした時間が流れる。

「廃墟って好きなんだよねぇ。無意味に写真を撮《と》りたくなる。退廃《たいはい》とか、忘れられた場所ってロマンだよねぇ。追い詰められた兵士が死ぬ場所というか」

淑恵は一人ではしゃいでいた。が、ぺらぺらとひっきりなしにしゃべりながらも、彼女だけは手を動かしていた。明日の計画に必要な機材を作っているのだ。

「工作も久かたぶりだけど、なんかクラフトガールの血が騒《さわ》ぐというか、いいよねぇ。今回、ちょっと簡単すぎるのが問題だけどさぁ」

今は、ぼろの地上車を直しているところである。廃車《はいしゃ》になっていたものを持ってきて、動くようにしているのである。

「ということは工学全般《ぜんぱん》得意なんだね」

阿九斗が感心して聞く。

「プログラムを自作すると、それを使ったマナ機械工作がしたくなるわけよ。逆に機械工作をすると、それを動かすプログラムも作りたくなるんだよねぇ」

淑恵が得意げに言った。

そんな彼女を見て、阿九斗は心が静まるのを感じていた。落ち着いた状況で話したのははじめてだったが、妙にフランクな淑恵の話しぶりは、気取らずに話せてどこか安心させられるものがある。

「どのくらいのものまで作れるの？」

「けっこうなものまでいけるけどねぇ。人造人間やら、神の端末やらみたいな自律思考機械も作れるよ。でも、ゼロみたいな意識そのものは作れないなぁ」

その淑恵の言葉の内容が、阿九斗には気になった。

「人間の意識と、人造人間の意識は違うものなんだよね？」

「そだよ。自我の有無《うむ》で違うんだけどねぇ。うまく説明するのは難しいな。自分たちだけで増えることができる機械を作っても自我はできない。人工知能でも長く人と関係性を保っていれば、自我に似たものが固着するけれど、最初から自我が発生している人間とは違うんだよ。つまり、生命の神秘そのものであるって言い方もできるねぇ」

「生命の神秘か」

阿九斗はつぶやく。

「うん。生命の誕生がなんだったか。そいつがわかれば、私たちの宇宙の発生の秘密もわかるかもねぇ。少なくとも、そのことが大和望一郎《やまとぼういちろう》とやらの言っている終末に関係しているんだろうしさ」

「たぶん、その秘密を握っているんだろうけれど、本人、自覚していない子は身近にいるんだけどね……」

阿九斗は、ちらり、と自分の身体にもたれて眠り込んでいるけーなの顔を見た。けーなは穏やかな寝息《ねいき》を立てていた。こうして見ると、なんてことはない女の子にしか見えないが、阿九斗は彼女が起こしたと思われる奇跡を何度か目にしている。大和望一郎もけーなにはこだわっていたし、賢人《けんと》も、もしかしたらけーなを狙ってくるようなことがあるのかもしれない。

「賢人はゼロを再封印して欲しいわけだよね？　消し去ってしまうのでなく」

阿九斗は言った。

「そりゃあ、そうでないと、神自体が存在しなくなるからねぇ。いや、君は消し去りたいのかもしれないけどさ」

淑恵はそう言って笑った。

「消し去りたいな。もちろん」

阿九斗は言った。

と、それまで何か言いたげにしていた絢子《じゅんこ》が、意を決したように口を開いた。

「どうして、そこまでするんだ？」

「え？」

阿九斗は戸惑って聞き返す。

「だから、どうして君がそんなことをするんだ？　まだわからない。いや、むしろ君という人間がわからなくなる」

絢子の声には切実なものがあった。

阿九斗も真剣な表情になる。

「僕にだって僕のことはわからないさ。でも、僕が見たいのはまさにそのことなんだ。僕が何者なのか。僕は誰かに作られ、役割を与えられたものだ。そう規定されてる。そいつを終わらせないと、僕は僕にならない」

その答えは阿九斗にとっては真摯《しんし》なものだったが、絢子はもどかしげに身じろぎした。

「そういうことじゃない。私が言いたいのは……」

が、そこで絢子の言葉は途切れた。言葉を探そうとしているが、その先が言い出せずにいる。

すると、その先を続けたのはけーなだった。

「あーちゃんは、あたしたちのことも考えるべきだよ」

いつ起きたのか、けーなは阿九斗にもたれたまま、阿九斗の顔を見上げていた。

「みんなのことを？」

阿九斗が聞き返すと、けーなはうなずく。

「そうだよ。絢子ちゃんは、あーちゃんのことが好きだから言ってくれてるんだよ」

「なっ……馬鹿っ……何を……」

絢子は顔を赤くして否定するように手を振る。

が、阿九斗は表情を変えずに真顔でうなずく。

「そりゃあ、僕も皆のことは好きだ。だから……」

「そうじゃないってば。あたしたちは、あーちゃんのことを、農家の人がお米を大切にするみたいに大切にしてるの！」

けーなは力を込めていった。

「なんだよ、そのたとえ……」

「え？　これ以上わかりやすいたとえはないよ！　農家の人はお米を大切に育ててるんだよ。最後には、お米が売られたり、食べられたりしちゃうからって、お米のことを忘れようとしたり、途中《とちゅう》で投げだしちゃったりはしないの！　だから、もし、お米がしゃべれたとしたら、聞きたいのは収穫《しゅうかく》のときの話じゃなくて、そのとき、そのときに、いかに農家の人のことが好きかって話だと思うよ」

けーなは言いたいことを好き勝手にまくしたてた。

そして、主張したことで満足したのか、ぽかんとしている阿九斗に構わず、また丸まって寝《ね》てしまう。

「な、何を言っていたんだ……」

顔を赤くしながらも、うまくごまかせたと思っているのか、絢子は苦笑いを浮かべつつ阿九斗に言う。

一方の阿九斗は、少し思案顔になった後、絢子に言った。

「僕が犠牲《ぎせい》になってでも、将来の皆の幸福を考えるというのは、やっぱり間違っているんだろうか？」

そう言われた絢子は、不意を打たれて戸惑いはしたものの、質問の意味を飲み込むと、即座《そくざ》にうなずいた。

「ああ。もちろんだ。もちろんだとも。そりゃあ、考えてもみろ。君だって、誰かにひどい目にあって欲しくないから、いろいろとやっているんだ。私たちだってそれは同じだ。君にとっての……その……大事な人がひどい目にあうのがつらいように、私たちにとっては、君が……」

そこまで言って絢子は「忘れてくれ」とでも言いたげに首を振った。

が、阿九斗は納得したのか、絢子をまっすぐに見据《みす》えた。

「僕を助けてくれる人がいることも忘れないようにするよ。たとえ、僕が最後には死んでしまうだけの戦う道具として作られたんだとしても、最後の瞬間までは、君たちになんとか応えていきたいと思うよ」

「ちょ……馬鹿、何を、そんな真剣に……」

絢子は照《て》れ隠しの笑いを浮かべる。

それでも阿九斗は真剣に言った。

「でも、大丈夫。明後日《あさって》にはすべて終わらせるさ。すべてうまく行くさ」

「あ、ああ……」

絢子は、阿九斗の目を見返して息をのむ。

そして、ゆっくりと阿九斗の手に向かって、その手を伸ばした。

「そうだねぇ、終わらせたいねぇ」

いつのまにか阿九斗の背後に立っていた淑恵が、絢子と阿九斗を二人いっぺんに背後から抱きしめた。

「ひゃ！」

「っと……」

絢子と阿九斗は声をあげる。

「ご両人、良い雰囲気のところ悪いけど、私も交ぜてもらえないと拗《す》ねちゃうよ」

冗談《じょうだん》めかした声を淑恵は出した。そして、絢子の頬に自分の頬をこすりつけ、阿九斗の耳をつまんで引っ張る。

「終わったら、この朴念仁《ぼくねんじん》の取り合いしようね。それとも、二人で一緒にやっちゃう？」

「ば、馬鹿っ……何を……」

絢子は耳まで真っ赤になるが、淑恵はそれを無視して、不意に真面目な声で阿九斗に聞いた。

「ねぇ、ゼロを封印するのでなく、倒すって。本当にやるの？　今となっては、相応の覚悟が必要になると思うよ」

問われた阿九斗はうなずく。

「ああ。言いたいことはわかるよ」

阿九斗と淑恵は目で互いの言いたいことを理解し合ったようだった。

「それでもやる？　今の話を聞いた後だと、その決心も揺らぐんじゃない？」

再度聞かれると、阿九斗は逡巡《しゅんじゅん》した。

「そうだね。やっぱり迷うだろうな。僕の考えも、少し変わりつつあるよ」

すると、淑恵はうなずいて、にこりとした。

「じゃ、私も、なんとか君を助けられるように頑張《がんば》っちゃおうかな」

「おい……。二人で何を語り合ってる？」

絢子が疑問の声をあげた。

と、また淑恵はいたずらっぽい声に戻った。

「ふふふ。阿九斗君と私は、何も言わずとも割とわかりあっちゃうところがあるのだよ。嫉妬《しっと》したかね？」

「こ、こら、何を言ってる……」

またも絢子は顔を赤くし、手をばたつかせた。

「あはは。冗談だよ。でも、阿九斗君と気があっちゃう私だからこそ、君のことも好きだからね」

淑恵はいきなり絢子を押し倒した。

「ひゃ！　やめろ！」

「いやー、不二子《ふじこ》君とも違う感触でこれはこれで趣深《おもむきぶか》いなー」

絢子の身体を淑恵はまさぐりはじめた。

「こ、こら……どこを触《さわ》って……」

「どこって？　口に出して言った方がいい？　阿九斗君も聞いてるけど」

「うわ！　馬鹿！　やめろ、言わなくていい……！」

「じゃあ、私が言う？」

「やめろー！」

すると、阿九斗は顔をそらして言う。

「終わったら言っておくれよ」

「馬鹿ーっ！　やめさせろ！」

絢子はわめいた。

○

その日の朝がやってきた。

阿九斗が月への転送円に向かうと決めた朝である。

「危なくなったら逃げてくれよ」

阿九斗は全員にそう言《い》い含めていた。

全員というのは、地上車に乗り込んだ、淑恵、絢子、けーな、けいすに、である。地上車のハンドルは淑恵が握っていた。

「そうするつもりだけど、みんな自分が役に立つ局面があるんじゃないかと信じているからねぇ。とはいえ、これを見たら、逃げたくなるかな」

淑恵は急に寒気が襲ってきたように感じられていた。

地上車の向かう先には、『コンスタン魔術学院《まじゅつがくいん》』があり、その敷地内には人造人間たちが陣《じん》を敷《し》いて待ち構えている。四人で一軍と向かい合う気分というのは、零下《れいか》の空気の中、裸《はだか》で放り出されたような気分に等しい。

「対魔術《たいまじゅつ》専用の陣の組み方だよ。相手の予想進路のマナの濃度を薄《うす》くして、外側からマナで加速した実体弾《だん》を撃ち込む構えだね。普通の状態だとしても、塹壕《ざんごう》作って待っている軍隊のところに車で乗り込んだりはしないよねぇ」

淑恵はゴーグルで状況を分析しつつ言った。

『コンスタン魔術学院』の西側は小高い丘《おか》のある広大な敷地である。戦場にはうってつけだと言っていい。

「仮想異空間のフィールドもある。予想はできてたけど、ブレイブの行動も完全に封《ふう》じられてるね。確かに彼は連れてこなくて良かったってところかな」

「でも、作戦は打ち合わせた通りだ。突破《とっぱ》するのでなく、僕が人造人間を全員行動不能にする」

阿九斗はこともなげに言った。

「わお。頼《たの》もしいお言葉」

淑恵は恐怖を隠すように軽口を叩いた。生来の気楽な性格と、好奇心《こうきしん》から、危険な場所に来てもなんとかなると考えてしまうような淑恵だが、今回ばかりは勝手が違っている。戦闘の経験自体はないのだ。

と、その不安を阿九斗は感じとったらしい。淑恵の肩に手を置いて、絢子にうなずいてみせる。

「絢子に任せるよ」

面と向かって名前を呼ばれることに慣れていない絢子は、その呼びかけに「ひゃ」と短い声をあげたが、すぐに顔を引き締めてうなずく。

「問題ない。こういう戦いなら、車を守ることくらいできる」

阿九斗は微笑んでうなずいた。

「ああ、信じているよ。進路のマナ濃度は僕が調整する。みんなは基本的には安全になってから移動してもらう。それでも、ゼロはけいすを狙ってくるだろう。車には適度におとりとして動いてもらう」

「了解《りょうかい》」

恐怖が消えたのか、淑恵は苦笑いを浮かべた。

「じゃあ、行ってくる」

阿九斗は手を振ると、戦場に向かうとは思えない気楽な様子で、前方へと飛んで行った。

それでも、阿九斗が向かったのと同時に、前方は一瞬にして修羅場《しゅらば》へと変わった。淑恵たちの地上車の遙《はる》か前方で、爆音《ばくおん》が響き、閃光《せんこう》が炸裂し、炎《ほのお》があがりはじめる。もちろん、そのすべてが阿九斗に向けられた攻撃だ。

「あの程度では大丈夫だろうが……。それでも、心配になるな」

それを見て絢子がつぶやいた。

「愛だねぇ。ま、向こうの心配より、こっちの心配しましょうね……っと！」

淑恵が、ぎゅん、と地上車を加速させた。

確かに、阿九斗の心配は無用のようだ。攻撃のすべてが阿九斗に集中しているにもかかわらず、そのすべてを軽々と阿九斗は防いでいる。さらには、地上車をターゲットに変更した人造人間兵士すら、阿九斗は攻撃《こうげき》で撃退《げきたい》している。

それでも、撃ち漏らしはある。阿九斗が戦っている地から離れた場所にいた一団が淑恵らに向かってくるのが見えた。けいすの存在をゼロは確認できないはずだが、人造人間たちに視認による確認をさせているのだろう。そうでなくとも、近寄ってくる地上車を狙うのは当然の話だ。

飛ぶように近づいてくる軍服姿の人造人間たちは五体一組で、三組。その後方から、ようやく危機に気づいた阿九斗の放ったマナ球が襲いかかり、二組を瞬時に吹《ふ》き飛ばしたが、残り五体は地上車を狙って進路をふさぐようにフォーメーションを組むと、熟練兵士の無《む》駄《だ》のない仕草で素早く小銃《しょうじゅう》を構えた。

「っと……」

淑恵がハンドルを切りかかるが、絢子がそれを制した。

「側面をさらした方が危険だ。直進してくれ。マナ濃度は十分だ。私でも防げる！」

絢子は地上車のシートから跳び上がった。そして前進し続ける地上車の前方に降り立つと、車よりも速く疾走《しっそう》、腰《こし》を低くした姿勢のまま刀を抜くと、五体の分身を作り上げた。

その五体は、それぞれが人造人間一体一体に向かっていく。

人造人間たちは絢子の動きを察するや、小銃を発砲《はっぽう》する。

「小銃程度なら……！」

絢子は分身のすべてにマナ障壁《しょうへき》を展開する。弾丸《だんがん》の何発かはマナの濃度のばらつきのせいで障壁を抜けてきたが、絢子が素早く刀を回転させると、弾丸は切断されて地面に落ちた。分身とて、その動きは同様で、分身のマナでできた刀すら、同じように弾丸を切断していた。

「ふっ！」

そして、絢子は人造人間を小銃ごと一刀のもとに斬り倒した。

分身もまったく同時に斬撃を放っていた。五体の人造人間が同時に倒れる。

絢子が敵を斬り倒した直後に、追いついてきた地上車がその脇《わき》に止まった。

「やるねぇ」

思わず淑恵は感嘆の声をあげたが、絢子が照れもせず、短く声をあげた。

「次が来るぞ」

その言葉通り、阿九斗が撃ち漏らした人造人間たちが地上車に向かってきているのだった。阿九斗が手を抜いていたわけではない。人造人間たち、すなわちゼロがターゲットをけいすに絞《しぼ》ったというだけのことだ。押し寄せてくる数が圧倒的なのである。

「適当に逃げ回っていてくれ。行くぞ」

絢子は、そう言って、五体よりもさらに多くの分身を作り出した。それらが地上車をぐるりと取り巻き、猫《ねこ》の子一匹《ぴき》通さぬ構えで、押し寄せてくる波に備えた。

人造人間たちの波は、絢子の壁とぶつかり、激しいマナ光をほとばしらせた。

「ひ！」

思わず淑恵は首をすくめるが、攻撃は銃弾《じゅうだん》の一発とて地上車には抜けてこなかった。

絢子は鬼神《きじん》のごとき刀捌《さば》きを発揮し、あらゆる武器を手に襲いかかってくる人造人間たちを、斬り、つぶし、はじき飛ばしていた。

「おおおぉおおお!」

絢子が吼える。

マナが発揮する効果は想像力によって結果が変化することは一般《いっぱん》に知られている。阿九斗とゼロの対決がそうであったように、人造人間との魔術戦闘《まじゅつせんとう》は人間の精神力が鍵《かぎ》を握っている。その点で、今の絢子の研《と》ぎ澄《す》まされた精神は、圧倒的だと言えた。

「行くぞぉお!」

そして、人造人間たちの波を受け止めた絢子と分身は、今度は逆に突進を開始した。

絢子とその分身は、誰が本体かもわからぬほどに渾然《こんぜん》とし、群れとなった猛牛《もうぎゅう》のようだった。その突進は数で勝る人造人間の軍勢を総崩《そうくず》れにした。

さらには後退を開始した人造人間たちに、絢子は追撃《ついげき》を開始する。

後退した人造人間たちの中には、うまく体勢を立て直した者もいたが、それを待ち受けていたのは、さらに凶悪《きょうあく》な破壊力《はかいりょく》を備えた阿九斗の攻撃だった。

阿九斗の視界に入った人造人間たちは、一体ごと丹念《たんねん》に潰《つぶ》されていった。近づく者は、一にらみで内部から爆発四散。遠ざかる者は、指先の動きだけで発したマナ球により腹に風穴を開けさせた。

人造人間たちはゼロのコントロール下にあるが故《ゆえ》に、全体としては一個の生物のように振る舞うことができるが、その細胞《さいぼう》のひとつひとつを阿九斗は丹念に潰しているのである。そうなっては、彼らとて戦闘能力を維持《いじ》できない。もし、彼らが自我を持っていたなら、恐怖により魂《たましい》が抜けたように立《た》ち尽くしていたはずであった。

「敵でなくて良かったなぁ」

淑恵は、ショーの観客のように、絢子と阿九斗の戦闘を眺めていた。

「……だけど、美しいと感じてもしまうねぇ」

そうつぶやく。

宙の一点で不動のまま近づく者も遠ざかる者も圧していく非情で絶対的な戦いぶりを見せる阿九斗は、まさに魔王としか言いようのない荘厳《そうごん》さを備えていた。

白刃《しらは》を氷雪が舞うようにひらめかせ、同じ姿の分身たちと共に怒濤《どとう》のように道を切り開いていく絢子も、魔王に付き従うにふさわしい美しき剣鬼《けんき》と見えた。

「これじゃあ、すぐに終わっちゃうんじゃない？」

後部座席でけいすを守るように座っていたけーながが声をあげた。

「だろうね」

淑恵はうなずく。

すでに、人造人間は活動している者はほとんどいなくなっている。『コンスタン魔術学院』の敷地は死屍累々《ししるいるい》だ。

「でも、かわいそう」

けーなはつぶやく。

と、それを聞きつけた淑恵が言う。

「うん。人造人間がかわいそうなのは確かだよ。でも、ここまでは彼も非情になれているけれど……怖《こわ》いのはここからなんだよ」

「ここから？」

けーなは疑問の声をあげた。

「そうだよ。さて、外は片付いたね。これからは校舎内」

淑恵は前方を指さした。

破壊された人造人間の山の上に、阿九斗と絢子が並んで立っていた。それは、寒々とした、しかし、奇妙に力強さを感じさせる光景だった。

◯

阿九斗たちは慎重《しんちょう》に校舎内へと足を踏み入《い》れた。

しかし、外からのぞき込んだ廊下《ろうか》に人造人間が待ち受けていることもなく、阿九斗を先頭に中に入っても、何も起こらなかった。罠《わな》の類《たぐい》も待ち受けていなかった。

「どういうことなんだ？」

しんがりをつとめる絢子は、周囲に目を配りながら地下へと向かう階段を降りる途中、疑問を口にする。

「戦力の集中は基本だし、もしかしたら、表の軍勢にも期待していなかったのかもしれないね」

絢子の前を進んでいく淑恵はそう答えた。そして、ゴーグルに、けいすから教えられた道を表示し、現状と照らし合わせる。

「……っと、こっち。この壁だね」

淑恵は、地下通路——阿九斗らにはおなじみの場所——にある石壁を指さした。

「僕らもこの通路は使っているけど、そこには何も……」

阿九斗は言いかけるが、淑恵がゴーグルで確認しつつ壁の一部を手で押すと、そこが低い音を立ててスライドし、さらに別の通路が現れた。

「……初めて知ったよ」

阿九斗は驚きつつも、通路の先を目で確認する。そこにも誰もいないが、積もった埃《ほこり》が踏み荒《あ》らされているところからすると、すぐ先程に何者かが通ったということはわかった。

さらにその通路を、けいすを守りながら進む。先には階段があり、何階層かをさらに降りることになった。

と、最深部と思われるところまで来ると、通路の先に明かりが見えてきた。

先頭を歩いていた阿九斗が足を止めた。

「あれは……」

淑恵もその先を見た。そして、うめくような声をあげる。

「やっぱり……。当たって欲しくない予想だったけど。……これが切り札ってわけだね」

「ど、どういうことなんだ？　昨日から、そんなことを言っていたが……」

絢子が戸惑いの声をあげ、けーなとけいすの後ろから向こうをのぞき込んだ。

そして、息をのむ。

全員の視線の先には、華奢《きゃしゃ》な少女のシルエットが浮かび上がっていた。

通路の先に進むと、フットボール場ほどの広さの空間が開けており、その中央には半径数メートルほどの転送円が光っている。それが唯一の光源だった。その円の前に、彼女は立っていた。

「ここから先へは行かせません。全員を抹殺します」

冷たい声が聞こえてきた。

それは、絢子には聞き慣れた声だった。

「ころね……」

前に出ると、ころねの姿が目に入った。

それが、阿九斗と淑恵の言っていたことか、と絢子は悟った。確かに、彼女を阿九斗は倒せないだろう。

いつもの制服姿のころねである。その目も無表情な色をたたえた見慣れたものだが、違っていたのは、その動きだった。すっ、と手をあげたころねの、その挙動は、加寿子《かずこ》の優雅さと、ゼロが人間体をとったときの動きを合成したそれに近かったからである。

「操られている……」

絢子はつぶやく。

「おそらく。ただし、直接に操作しているのかどうか……」

淑恵は探るように言った。

「ころね！」

阿九斗が呼びかける。

と、ころねはそれに答えて言った。

「個体名はそうです。しかし、今は……」

す、と、ころねが手を上げた。

それに呼応して、周囲のマナの流れが乱れた。

空気を裂くような音がして、ころねの頭上の空中に大型の転送円が現れる。

「武器……か」

阿九斗はつぶやく。

その円から、ぬぅ、と姿を現したのは、大型の機械だった。それは、まるで工作機械と飛行機の間をとったかのような形状をしていた。単体で飛行が可能なようだった。

それは、完全に転送を終えて、ゆっくりところねの頭上に降りてくると、驚いたことにいきなり変形をはじめた。飛行機械と見えたものが、中央から裂けるように広がったかと思うと、いくつかに分割されたパーツがころねの身体の各部に装着されていく。

やがて、その変形、合体を終えた後のそれの姿は、まるでころねを包む鎧《よろい》だった。あるいは人間の二倍の大きさの巨人がその腹に普通の者を抱えたかのような姿だ。

ころねは、動きを確かめるように手を振る。数倍のサイズになった手が、うなりをあげて力強く動いた。その手で阿九斗を指さす。

「……今は、マークト神のアーティファクト『魔王《まおう》への鉄槌《てっつい》』を装備した、アーマードころね、とでも呼んでいただきましょう」

ころねは言った。

「その妙なセンスの冗談はころねのようだが……」

「やはり、加寿子とゼロの特徴もある。彼女を制御しているのは当然ながらころねではないということだ。ある程度混ざり合っているというべきか」

絢子と阿九斗はそう言葉をかわした。

「……あれは『魔王への鉄槌』。マークト神の神殿《しんでん》に伝わる最強の鎧だよ」

淑恵が声をあげた。

「私の『ソハヤノツルギ』と同じようなものか」

絢子が聞く。

それぞれの神殿には、司祭たちが管理する一品だけの武器が存在する。より神とのリンクが強化されたそれは、個人使用可能な武器としては最強のものばかりだ。平和な世では象徴的《しょうちょうてき》なものとしてしか使用されていなかったが……。

「鉄槌の名の通り、纏《まと》った者に鋼鉄のごとき硬《かた》さを与え、法を犯す者に強大な鉄槌を食らわせる。戦争で使われた兵器だよ」

淑恵が解説し、ころねの右腕《みぎうで》を指さした。

ころねの右腕の前腕部にあたる位置には、杭《くい》状の巨大な金属棒が装備されていた。それが折れ曲がり、手の前方に突き出《で》ると、全体のバランスが崩れるほど巨大なハンマーとなった。それは、ただそこに存在するだけで、周囲を圧する気配を放っていた。

「後方にブースターのついた巨大ハンマー。単純と言えばあまりに単純。しかし、それだけに破壊力も効果も抜群《ばつぐん》ときている」

その言葉は淑恵お得意のレトリックだけとは言えなかった。

「さぁ、行きますよ」

と、宣言するや、いきなり突進してきたころねが、阿九斗に向かって横からハンマーを薙いだのである。

「っと……！」

阿九斗は後方に跳んでかわしたが、先ほどまで阿九斗がいた空間を圧縮した空気を炸裂させつつ通過したハンマーには、凄まじい重量感があった。

ご、と空気そのものが爆発したような衝撃が周囲に拡《ひろ》がる。

「それだけではないですよ……」

TYPE:00 AMD
WARNING
006

ころねは、空振《からぶ》りした勢いのまま横に身体を一回転させると、やや角度を変えて斜《なな》め上《うえ》からハンマーを再び振り下ろす。

「ファイヤー」

つぶやくと、ハンマーの後方のブースターに点火。ハンマーは轟音とともに阿九斗に襲いかかった。

「っ！」

阿九斗はこれも跳んでかわす。

地鳴りのような音がした。ハンマーは石畳《いしだたみ》を打ち砕《くだ》いて破片を周囲に激しく飛ばし、剥き出しになった地面を大きくえぐり取って、ようやくその勢いを止めた。

その冗談のような威力を目にした淑恵が、ゴーグルをのぞき込んで驚きの声をあげた。

「純粋なマナを密集させたマナ障壁でも耐えられない威力がある……！」

その言葉を聞いて阿九斗も息をのむ。

「マナでの防御が不可能ということか……」

だが、ハンマーのモーションは大きい。二連撃はコマのように身体ごと一回転する形で放たれている。

「それでも、かわすのは難しいことじゃない」

阿九斗がつぶやく。

「かわすのが難しくないということは、ハンマーをかわして、それに触れることも容易ということになる……」

淑恵が解説した。

その言葉通り、阿九斗は、次の一撃を放ったころねのハンマーを軽々と避けて懐《ふところ》に飛込むと、ころねの鎧の右腕に直接触れていた。そして、マナを集中しての破壊を試みる。

「はっ！」

確かにマナを制御したはずだった。

しかし、阿九斗は驚きを顔に浮かべて跳び退《すさ》った。

「破壊できない……！」

それを見ていた淑恵も驚きの声をあげる。

「鎧もマナで破壊可能な硬度《こうど》を超えている……！」

「その通り。つまり、こちらがハンマーを振り続ける限り、あなたはそれを止めることができない」

ころねは言った。いや、口調が違うところからすると、言葉を発したのは加寿子ということになるか。

「いや、弱点はある……だけど……」

淑恵は言った。

それは阿九斗も理解していた。鎧はころねの全身を覆っているわけではない。もちろん、弱点をさらしているようなことはないが、それでも阿九斗の魔力《まりょく》ならば、ころねに触れさえすれば、彼女を破壊することも可能だろう。

ころねもそれを承知しているのか、にやり、とした。普段《ふだん》、ころねが見せぬ表情だった。まさに加寿子が見せていた余裕の笑みだ。

「魔王には、それができませんよね」

ころね＝加寿子は断言した。

「くっ……！」

阿九斗は再度襲ってきた攻撃をかわす。

「だからこそ、最後の切り札としてころねを持ってきたのです。あなたはこれを破壊できない……。先だっての恨み、はらさせていただきますよ。直接に、ではありませんが」

ころね＝加寿子はあざ笑った。

「これが危惧《きぐ》していたことだよ。阿九斗君には、当然できない」

淑恵が言った。

果たしてその通りだった。阿九斗はころねの攻撃をかわし続ける。この程度の攻撃では阿九斗の精神力が摩耗《まもう》することもなく、ころねも自身がエネルギー切れを起こしてしまうような戦い方をしているわけでもない。おそらく決着は永遠につかないだろう。

「ねえ、それなら、これはずっと続くの？」

けーながふと、そう口にした。

すると、それを聞いていたかのように、ころね＝加寿子がにやりとする。そして、意外な形でけーなに答えた。

「もちろん、魔王だけを狙うなら、そうです。しかし、魔王も防げぬハンマーの一撃の先に、別の者がいたのなら……！」

ころね＝加寿子はハンマーの軌道を変化させた。同時に突進の方向も変える。動き回る阿九斗を目指さず、九十度方向を変える。その先には、けーな、絢子、そして彼女らに守られるようにしてけいすが立っていた。

「こっちが目的……！」

淑恵は驚きの声をあげた。

もちろん、阿九斗から見てころねの身体はがらあきである。ころねへの攻撃が可能なら、それを阻止《そし》することができる。だが……。

「どうする？　ころねを倒さねば、けいすが。それを守るならば、曽我《そが》けーな、服部《はっとり》絢子が死にますよ」

ころね＝加寿子は言った。

そして、突進の勢いのままハンマーを振り上げ、勝《か》ち誇《ほこ》るかのように阿九斗に決断を迫《せま》った。

「さぁ！」

ころね＝加寿子のハンマーの無情な一撃がけーな、絢子、けいすを襲う。

阿九斗の表情がゆがむ。

そして、小さく言葉を漏らした。

「卑怯《ひきょう》な……」

「ほほほほ！　それに何か問題がありますか？」

ころね＝加寿子は笑う。

轟音を立てたハンマーが、三人の居る場所に上から叩きつけられた。
ゴ、と爆発のような音が響き、振動が波のように石の床《ゆか》に広がっていく。
ハンマーはモーションが大きい。阿九斗でなくとも、かわすことは難しくはない。現に二人はそれをかわしていた。絢子がけーなを抱きかかえて跳んでいたのである。

しかし、けいすは……。

「勝った……！　これで、終わり……！」

ころね＝加寿子が宣言する。

けいすは振り下ろされたハンマーの直下にいた。避けられなかった。ひしゃげていることも確認できなかった。ただパーツがハンマーの衝撃によって飛び散っていた。それらは、乾《かわ》いた音を立てて、床に転がった。

「これでゼロの再封印は不可能。もはやすべての戦闘に意味はなくなりました。どうあっても、ゼロは消えない」

ころね＝加寿子はゆっくりとハンマーを持ち上げた。その下にあるけいすの残骸《ざんがい》を見て、満足げにうなずく。

「ゼロが消えないということは、私を倒せば、ゼロの治世になるのみ。すなわち、結局、あなたに私は倒せません」

完全な勝利宣言であった。

確かに、彼女の言うとおりだった。ゼロの統治するあの世界が続くならば、それよりは加寿子がゼロを制御する方がましだと言えた。阿九斗たちのこれまでの活動は無駄だったことになる。

しかし、阿九斗たちの目から、光は消えていなかった。

その異常に、ころね＝加寿子も気づく。

「なぜ、絶望しませんか？　まさか……」

ころね＝加寿子は、一人、何を思ったか虚空《こくう》と会話をはじめる。ゼロと交信していると
いうことなのだろう。ころねの口はひとつだ。だが、言葉は二人のものだった。

「何か変化がありましたか？」

「これは……どういうことだ？　私に近づくものがある」

「私に近づく？　あなたの本体は月にあるのではないの？」

「その月だ。月に近づくものがある」

そのゼロの言葉は、加寿子にとって衝撃的《しょうげきてき》なものだった。

「馬鹿な……」

ころね＝加寿子は戸惑う。

「月に行けるロケットは、もう存在していないはずです」

「しかし、シャトルが確かに月に来ている」

ゼロの口調で言ってから、ころね＝加寿子は阿九斗を振り返る。

「何をしたのです？」

「破壊したのは突貫《とっかん》で作った人形だ。動くだけで中身は空っぽ」

阿九斗はにやりとした。

淑恵が先日、けいすの外見に似せただけの人形を製作したのだ。人工知能が入っていなくとも、ゼロに気づかれる心配はなかった。けいすの知能をゼロは知覚できないのだから。

「では、本物は……？」

ころね＝加寿子は声を震わせる。

「博物館に保管されていたシャトルに乗っている。まだ動くらしい」

阿九斗は答えた。

加寿子もその存在は知っていたらしく、狼狽《ろうばい》した声で反駁《はんばく》する。

「しかし、衛星軌道まで打ち上げるロケットが存在しないはず……！」

「頑張ってくれた人がいるってこと」

阿九斗がにやりとした。

「そうか……ブレイブ……！」

ころね＝加寿子は衝撃を受けた表情でつぶやいた。

「重力圏《じゅうりょくけん》ぎりぎりまでは頑張れるんだそうだよ。そして、彼もけいすもゼロの知覚からは逃れられる。そう、一昨日《おととい》の夜には出発してもらっていた。二日あれば到達《とうたつ》できる程度の速度は出せるそうだ」

阿九斗が言った。

「貴様……！　魔王！　この卑怯者《ひきょうもの》が！」

加寿子は叫んだ。

○

――衛星軌道までは大丈夫。かつては月と軌道ステーションを往復していたシャトルらしいね。大気圏突入《たいきけんとつにゅう》能力もある。単体で衛星軌道まで上昇する能力はないけれど。

賢人に聞かされた言葉をヒロシは思い出していた。

話は一昨日の夜にさかのぼる。

地図で博物館の場所を確認したヒロシは、本物のけいすを抱え、マナキャンセラーを作動させつつ博物館に飛んだのである。勤務していた人間の警備員の目を誤魔化《ごまか》し、博物館の屋根から進入すると、すでに骨董《こっとう》と化したシャトルを見上げる。

「これを軌道上まで運ぶのですか」

けいすも感心したような声をあげた。

照明の消えた博物館の展示ホール。巨大倉庫と同じ構造のそこの中央に、旅客機のようなサイズのシャトルがうっすらと埃をかぶっていた。マナによる飛行が一般化《いっぱんか》してからは、帝国内部ではあまり見られなくなった滑空《かっくう》のための羽根を持っているデザインだ。

「で、軌道エレベーターの所定の位置まで持って行けば、ＣＩＭＯ８《サイモエイト》の息のかかった方々が燃料充填《じゅうてん》は手伝ってくれる、と。人工衛星の軌道修正用ロケット用としての燃料はまだ保管されているらしいからね」

「シャトルの性能も月までの往復は可能だとか。さて、それでは行きましょうか」

けいすは言った。

この計画は、もちろん賢人の提案である。彼の真意は気になるが、確かにもうこれしか考えられないという作戦ではあった。

「それにしても、賢人というのは何を考えているんだろう？」

「今は気にしないことにしましょう。さて、よろしくお願いします」

けいすはそう言ってシャトルの側面に回り込んだ。

ヒロシはけいすを持ち上げて数メートル浮上《ふじょう》すると、シャトル脇のハッチに連れて行き、手動でこれを開けた。中のエアロックも手動で、電装系がまるで動いていなくとも問題はなかった。シャトル内部は真っ暗だが、けいすは気にせず奥に進む。

「チェックと破損物の修理は起動エレベーターの人工衛星ドックで行えるらしいから、何も触れないほうがいいよ」

ヒロシはけいすがその言葉にうなずいたのを見てから、ハッチを閉め、展示場の扉《とびら》を開くスイッチのある壁へと向かった。シャトルを搬入《はんにゅう》したこともあるのだから、扉は格納庫のそれのように壁一面がすべて開く。だが、これはマナ駆動であり、動かせば、警備員が気づくだろう。開いてからの行動は素早くなくてはならない。

スイッチを押してから、素早く飛んで戻り、シャトルのタイヤの下に潜《もぐ》り込む。

「よっと……」

スーツの重力制御を使ってシャトルそのものを担《かつ》ぐように持ち上げた。

重さは感じないが、シャトルが壁にぶつからぬように注意しなければならない。

ヒロシはシャトルを背負って飛ぶと、展示場の扉から慎重にシャトルを滑り出させた。

今度は勢いを増して空に舞い上がる。

夜空を飛んでいくシャトルを見た者は多かったが、その正体に疑問を持った者はわずかだった。飛行バスと見分けがつかなかったからである。見分けのついたものも、どうして旧式のシャトルが舞い上がったのかという疑問を翌日まで持ち続けることはできなかった。

もっとも警備員はすぐに気づくだろうし、被害届《ひがいとどけ》も出されるだろう。賢人はどうやら被害報告が上に行かないように手を回してくれているらしいが、もちろん、すぐにでも補給と修理は行わなければならない。たとえ月への飛行を企んでいることが加寿子に感づかれたとしても、飛び立ってしまえば、止めることができる者は誰もいなくなる。

やがてヒロシは軌道上に到達し、人工衛星のメンテナンスドックにシャトルを搬入した。

細い棒のような軌道エレベーターが、地球に向かって延びている。その端に大型の筒《つつ》のような施設《しせつ》が貼《は》りついている。それが今では宇宙ステーションと呼ばれている。軌道上で発電と人工衛星の管理を行う役割を与えられている。

その端にえぐられた穴のようなドックにシャトルが入るやいなや、防護服姿の職員たちが幾人《いくにん》も出てきて、シャトルに群がるようにとりつくや、何も言わずに燃料補給と動作チェックを行いはじめた。

ヒロシは彼らと会話をしようとしたが、何の連絡《れんらく》方法も持っていないことに気づいてやめた。何より、彼らの方から話しかけてくることもなかった。

退屈《たいくつ》な数時間が過ぎる。ぼんやりしていたヒロシの背筋を再び伸ばしたのは、けいすの言葉だった。

「計器チェック終わりました。すべて生きています。燃料補給も終了《しゅうりょう》。それでは、軌道まで送り出してください」

シャトルのパイロットシートに座ったけいすが無線で連絡してきた。今はシャトル内に明かりがともっており、窓からけいすの姿が見える。

「人間による有酸素での運用が想定されていますので、人間が活動可能な環境《かんきょう》を保つように設定しました」

けいすが続けた。

ヒロシが人工衛星保守の職員たちを振り返ると、彼らはシャトルから離れていくところだった。それを見送ったが、彼らからは挨拶も敬礼もなかった。

——自分だけで動いていた時は、誰もが手を振ってくれたものだけれど。

やや寂《さび》しさを覚えたヒロシは、そう考えて、はっとした。

——いつの間にか好意を期待するようになっていたなんてね。アニキはいつもこんな反応しか受けていないのだろうな。

世界の趨勢《すうせい》に興味があるのは一部の者だけだ。そして、それ以外の者たちは命じられた職務をこなすだけなのだ。このシャトルが飛び立つことが正しいのか、間違っているのか、どの陣営《じんえい》に利することになるのか、そんなことを考えないようにしているのだ。自分でもそういう立場だったなら、そうしただろうが、その命じられた職務をこなすという行為そのものこそ、阿九斗が嫌《きら》っていた〝物語〟なのだろう。彼らは自分は庶民《しょみん》であり、力の無いものであるというストーリーを守りたいのだ。そして、それこそが、自分を勇者にし、阿九斗を魔王にしている。

——でも、皆がひとつの大きなストーリーを信じていないと、それはそれで世の中回らないし、シャトルも飛ばない……か。

自分も物語を守るために働かなくてはならないのだろうか、と思うとヒロシは憂鬱《ゆううつ》になった。借り物の力で、大きな何かを背負わされてしまっている自分の状況を考えてしまう。

——自分の生身の力で……。できることは何なんだろうな……。

ヒロシはぼんやりとそんなことを考えるが、今は作業に集中しなくては、と首を振る。

そして、ヒロシはシャトルを背負うとメンテナンスドックから漆黒《しっこく》の宇宙へ飛び出した。下からは地球の反射光の青い光。そして、遠くに月の青白い光。

シャトルの先端《せんたん》を月の方向に向けた。

そして前方に回り込むと、運転席のけいすに向けて手を振って合図を送った。

「頼んだ」

「任せてください」

けいすはそう答えた。エンジンに火が入ったシャトルは加速を開始し、ヒロシの視界の中でどんどん小さくなっていった。宇宙では遠方までも見渡《みわた》せるが、それでもシャトルは数秒で光の点となってその姿を消した。

〇

「卑怯とはそちらのことだろう。だが、形勢は逆転だ。後はけいすがゼロを封印するのを待っていればいいだけさ」

阿九斗は言った。

「くっ……こざかしい真似を……！」

ころねの器を借りた加寿子は、苦々しげな表情でそれに答えると、きびすを返して転送円に向かおうとした。今度は、阿九斗がそれを阻止するように動く。

「転送円から月に向かうつもりだろうが、傷つけなくとも、押し返す程度はできる！」

そう言うと、阿九斗はころねの鎧の腹部に打撃を与え、後方に吹き飛ばした。ころねは数メートルも飛ばされ、倒れずに踏みとどまったが、その表情には焦《あせ》りの色が見えた。

転送円に入ろうとする者と阻止する者の立場が完全に逆転していた。

「加寿子が転送円に入ろうとするのはわかるが……。なぜ、あそこまで焦っているんだ？」

それを見ていた絢子が淑恵に聞く。

淑恵はうなずいて言った。

「月では、自分の行動をゼロは阻止できない、とけいすは言っていたよ。そもそもけいすは月での活動用に作られているわけだし」

「いや、それが向こうにもわかっているだろうから、あらかじめ月に軍勢を配置していてもおかしくない。それをこちらも予測していたから、転送円にも我々が同時に向かっているわけで……」

絢子は続ける。

「そうだけど、マナのシステムを考えれば、あらかじめ月には軍勢を配備できないんだよ。月で使用できるのは太陽電池のみ。エネルギーを大幅《おおはば》に浪費する軍勢を長時間運用はできないからね」

「すると、状況が変わった今、ころねだけでなく、増援《ぞうえん》は接近しているわけだ……」

絢子は入り口を振り返る。果たしてその通り、通路を走ってくる足音が響いてきた。

「そちらは頼んだよ。けいすが封印するまで防いでいれば、こちらの勝ちだからね」

淑恵が言った。

「任せろ。こちらは私が押し返す！」

絢子は叫び、分身を作り出した。

そして、絢子は気合いと共に通路へと走っていき、再び鬼神のごとき力を発揮しはじめた。銃撃《じゅうげき》、剣撃の音が響きはじめ、絢子がその実力の通りに援軍《えんぐん》を阻止しはじめたことがわかる。

淑恵は、その音を聞いてうなずいた。時間稼《かせ》ぎという主目的はほぼ達成したも同然だった。だが、その表情は不安げだ。視線はころねに向けられている。

「だが……そうなると、相手の考えることはひとつなんだよねぇ」

淑恵はつぶやいた。

「どういうこと？」

けーなが聞く。

「なんとしてでも阿九斗君を倒そうとするってことだよ」

淑恵が無言でころねを指し示した。

それまで突破を許ろうと突進を繰り返していたころねだが、その突進も、ハンマーでの攻撃も、阿九斗には通用しなかったため、まるで、すべてをあきらめたかのように立ち尽くしていた。

「あれを見ると、あきらめたんじゃないの……？　それとも、もうゼロが封印されて、もとのころねちゃんに戻りつつあるのかも……」

けーなが言った。

しかし、淑恵は「やっぱり、まずいかもしれない……」と自らのチェーンソーに火を入れた。

ころね＝加寿子は、そのハンマーを高く掲げた。これまで何度も行ってきた行為である。続いてハンマーの後部ブースターに点火、一気に加速を開始した。その強烈《きょうれつ》な一撃も、先ほどまで何度も放たれてきた。

しかし、今回はターゲットが違っていた。

「いけない！」

阿九斗と淑恵が同時に走り出す。

ころねが振り下ろす『魔王への鉄槌』の標的は、ころね自身だった。ころねの身体前面を覆う鎧をオープンにし、その中央部にめがけてハンマーを撃ち込んでいく。

「駄目だ！」

淑恵は叫んだ。

次の瞬間、重々しい打撃音《だげきおん》が響いた。それまで何度も鳴らされた打撃音と違い、何かがひしゃげるような背筋を凍《こお》らせるような音だった。

「ぐっ……！」

血を吐《は》き出したのは阿九斗である。ころねに覆い被さるようにして、その背中でハンマーを受け止めていた。いや、受け止めていたというのは正確ではない。阿九斗の身体の硬度を保証する凝縮されたマナは、ハンマーの特殊合金の硬度よりも劣《おと》る。受け止めたのでなく、ころねのかわりに一撃を食らったのだ。

「阿九斗君！」

淑恵は横合いから滑り込むようにして阿九斗の身体を突き飛ばし、今度は阿九斗めがけて振り下ろされたころねの一撃を外させる。

「だから、そういうことはやめろって昨日言われただろうに……」

阿九斗と共に地面に転がった淑恵は言った。

「つい、そうしてしまうんだよ……。だけど、犠牲は覚悟の上さ」

苦しげに阿九斗は言った。

「そういうのは覚悟じゃないよ。それに犠牲というなら、申し訳ないが、彼女を犠牲にすべきだ」

淑恵は身体を起こし、チェーンソーを構えてころねの前に立った。だが、彼女では、ハンマーの攻撃をかわすことは可能でも、阿九斗のようにころねをはじき飛ばす攻撃は不可能だろう。

「うまくやってみせるさ。それに、僕の身体も再生中だ。死ぬことはない……」

阿九斗は倒れていたのが、手を突いて上体を起こし、うめくような声をあげる。

「私を信じてくれ！　君でも次の一撃は防げないぞ。いいか、何もするな！」

淑恵が阿九斗に命令するかのような声をあげた。

ころね＝加寿子は、にやにやと笑いながら、再び自らの身体にハンマーを撃ち込むべく、右手を高く掲げていた。次の一撃も阿九斗がかばうようなことがあったなら、再生は間に合いはしまい。

「やめろ！」

淑恵は叫ぶ。

阿九斗は、どこにそのような力が残っていたのか、誰よりも素早く動き、またもころねの前にその身体を投げ出していた。

「まぁ、愚かだこと……」

加寿子のあざ笑う言葉が、ころねの口から、ころねの声で漏れた。

「笑うなら、笑えばいい」

阿九斗は言った。

そして、ハンマーのブースターに火が入った。

その瞬間。

「駄目！　ころねちゃん！　目を覚まして！」

ブースターの音よりも激しく、絢子の戦闘による銃撃、剣撃の音よりも大きく、周囲の音のすべてをつんざいて響いたのは、けーなの声だった。

まるで、突然、大気が凍り付《つ》いたかのように、その場の全員が動きを止めた。

そして、それは、ころねも例外ではなかった。

「あ……」

何が起こったのか理解できたのは、けーなを除けば阿九斗のみだった。阿九斗は、正面のころねの表情に、確かにかつてのころねの存在を見つけていた。同じような無表情であるのに、それは確実にころねだった。

「長くは保ちません。離れてください。また来世でお会いしましょう」

ころねは言った。

彼女らしい妙な物言いだった。だが、その言葉の重みを阿九斗は確かに感じ取っていた。

「ころね……！」

阿九斗は前に手を伸ばすが、ころねは素早く鎧の右手カバーから、その手を抜き取った。

そして、阿九斗の身体を、どん、と突き飛ばす。

「ころね……！」

阿九斗は力なく後方に飛ばされる。それを待ち受けていた淑恵が、受け止めて抱きかかえた。

「放してくれ……。ころねが正気に戻ったんだぞ！」

阿九斗はもがく。

しかし、淑恵は首を振った。

「駄目だ。正気に戻ったのなら、なおさら……」

淑恵の言葉の意味はすぐにわかった。次の瞬間、ころねの表情が再び加寿子のそれに取って代わると、再びゼロとの会話をはじめる。

「ゼロ。なぜ、この人造人間を制御できなかったのですか？」

「理由は不明。不明だからこそ、この人造人間は事後の障害となり得る」

ゼロがころねの口で答えた。

「なるほど。ならば、破壊してしまいましょう」

加寿子が言った。

「やめろ……！」

阿九斗は声を張り上げる。

ころね=加寿子はにやりとした。今や、再びころねの意識は加寿子のものになってしまったらしい。嫌《いや》らしい笑みを浮かべながら、ころねは自らの身体を『魔王への鉄槌』より、切り離した。

やや高い位置から、ころねの身体が前に倒れるようにして落ちる。

「ころね……！」

阿九斗は、加寿子が何をしようとしているのか悟り、叫ぶ。

しかし、阿九斗にはそれ以上のことはできなかった。淑恵がしっかりと阿九斗を押さえ込んでいた。

「行くな。君はこの間に転送円に入ってしまえ。後は私がなんとかする……」

淑恵は阿九斗を後方に引きずって行こうとするが、阿九斗は動かなかった。

ころねを切り離した『魔王への鉄槌』は、再び飛行形態へと瞬時に変形する。そして、そのハンマーのブースターに点火。まだ落下中のころねの身体に背後から襲いかかる。

その瞬間、宙に浮いたままのころねが、阿九斗を見ていた。

それは、いつも通りのころねだった。

「……！」

阿九斗は言葉を失った。

ころねの口が確かに「さようなら」と動いたのが見えた。

次の瞬間、『魔王への鉄槌』は、ころねの身体をはじき飛ばし、その四肢《しし》をバラバラに四散させていた。

「ころね！」

「ころねちゃん！」

阿九斗とけーなの悲鳴が響く。

その悲鳴をあざ笑うかのようにブースターの音が響く。『魔王への鉄槌』は、ころねを破壊した勢いのまま一気に飛翔。そのまま転送円の中に消えた。

転送の光が発したのを見た淑恵は、阿九斗から離れると声をあげた。

「転送円に入ったからには、今度は奴《やっ》ら転送円を破壊にかかってくるはず！　急いで転送円に！」

その呼びかけに、絢子の答える声があった。

それは、ほとんど悲鳴だった。

「確かに奴ら、爆発物《ばくはつぶつ》を持ちだしてきた！　自爆攻撃《じばくこうげき》に来るぞ！　そちらに戻る！　転送円に急げ！」

淑恵は、その絢子の声を聞くと、阿九斗の背中を押した。

阿九斗は力のない目をしていたが、今はやるべきことがある、とうなずいて、けーなのところに向かった。そして、二人で手を取り、転送円に向かう。精神的なショックにより、身体の回復が遅れているのか、その足取りは重い。

淑恵は阿九斗が動き出したのを確認してから、ばらばらになったころねの身体に近づき、落ちていたポシェットを拾い上げると、中から光線兵器を取り出す。そして、撤退《てったい》してきた絢子の援護《えんご》をはじめた。

分身に撤退戦を任せた絢子が、淑恵に駆け寄ってくる。

「すぐに爆発物を抱えた奴らが来るぞ！　一緒に転送円に飛び込もう！」

その絢子の言葉に、淑恵はうなずく。

「わかった。でも、ちょっと待ってね」

淑恵はごそごそとポシェットに光線兵器を詰め込みはじめた。

「そんなことをしている場合か！　確かに武器は必要だが……」

絢子は怒鳴る。

「大丈夫。先に行って。それより、阿九斗君とけーなを！」

ポシェットに手間取りながら淑恵は叫んだ。

「急げよ！」

絢子はそう言って、『ソハヤノツルギ』と濃密《のうみつ》なマナで上昇した脚力《きゃくりょく》を使い、あっという間に転送円の近くに跳ぶ。そして、阿九斗とけーなの背中を後押《あとお》しした。

阿九斗とけーなが転送円に入ったところで、絢子は振り返った。

淑恵はチェーンソーを作動させて、それにもたれかかり、歯を床に突き立てて車輪代わりにして転送円めがけて疾走中だった。

「急げ！」

絢子は叫ぶ。分身だけでは防ぐ時間もさほどのものではなく、入り口からは、人造人間たちの群れが押し寄せてきていた。彼らのうちの数人は地下では普通使わぬ量の爆薬《ばくやく》を身体に巻き付けていた。

「爆発したら地下ごと潰されるぞ！　急げ！」

絢子は淑恵に手を振った。

「もうちょっと！」

そう叫ぶ淑恵だが、すぐ後方には人造人間が迫ってきている。

「急げ！」

ぶんぶんと絢子は手を振った。

「いけぇえぇ！」

淑恵が転送円に飛び込むのと、すぐ背後に迫った人造人間たちが転送円に自爆《じばく》しつつ飛び込むのがほぼ同時となった。

絢子と淑恵の姿が転送の光とともに消えるのと、凄まじい爆発が巻き起こったのは、ほぼ同時だった。

4　永遠に続く戦い

「月へ行ってしまった？」

　驚いてそう言ったのはリリィだった。

　シャトルを送り出したヒロシが帰ってきた場所は、やはりリリィの指揮する反乱軍のアジトだった。協力者から借り受けた倉庫街の一角に多数の司祭たちが潜《ひそ》んでいる。

「はい。うまく行けばいいんですが」

　ヒロシは答えた。

　倉庫の管理人室。資材の入った段ボールを積み上げて作った机の前にいるのは、リリィ、ヒロシ、そして、不二子《ふじこ》の三人だ。

「阿九斗《あくと》様のすることですから、必ずうまくいくと言いたいところですけど」

　不二子は憂鬱な表情でリリィを見た。

「ま、言いたいことはわかるよ。けいすが到着《とうちゃく》しているはずの時間で即座に変化が無ければ、失敗の公算が高い」

リリィはうなずいた。

「ちょっと……どうしてっすか？　けいすが封印できなくても、転送円からアニキたちが月に向かうはずっす」

ヒロシはやや怒ったように言うが、リリィは首を振った。

「月のマナは希薄《きはく》で、エネルギーもない。地上でも互角だった力だ。月でもゼロと阿九斗の力は互角。だが、それほど破壊力もない状態での互角だ」

「ということは……」

ヒロシはまだわかっていない様子だった。

「どうにもならない可能性が高いってこった」

リリィは苛立ちつつ言った。

「じゃあ……」

「阿九斗様は死なない、とは思うものの、何もできずに帰ってくる可能性も高い。そうなると、わたくしたちが加寿子《かずこ》を倒せるか、というのが問題になってくるわけですわ。それで、あの情報、使えそうですの？」

不二子がリリィに水を向けた。

リリィはうなずく。

あの情報、というのは、リリィが司祭たちを使って黒魔術たちの長であった一成《いっせい》を捕《つか》まえて聞き出した話である。

「加寿子の隠れそうな場所の情報は、どうやら真実のものだ。なかなかに強烈な尋問《じんもん》をしたらしいからね。ただし、加寿子の行方は知らないらしい。居場所は今も捜《さが》させているよ」

「とはいえ、実体の見えない人気ってやつが加寿子の武器ですものね。どこかで姿を現さないことには彼女も狙いを達成できないでしょう。爆発の後、姿を現さないと死亡説が強力になってしまいますから、明日にはどこかで人々の前に姿を見せるはずですわ。司祭たちが無能なのは知っているとはいえ、忍耐《にんたい》にも限度がありますわ。早く見つけていただかないと」

不二子が嫌味《いやみ》っぽく言う。

リリィは、かちんと来たらしく、口を横にゆがめた。

「はん。似たような性格だけに、考えてることがよくわかるってか。いいから阿九斗が使いたがらなかった魔獣たちの指揮でしくじらないように練習でもしてるんだな。人造人間の群れを退治するなんて汚れ仕事は司祭にやらせるんじゃなくて、犬っころどもにやらせるに限るからね」

「生徒会長は、よほど加寿子にボコられたのが悔《くや》しいと見えますわね」

「敵が強いと見るや即座に逃げ出すような奴は、そりゃあ何があっても悔しかねぇだろうよ。てめぇが好きだと公言してる男の陣営を裏切って逃げるか、ふつー」

不二子とリリィはあからさまににらみ合った。

「ちょ、ちょっとやめてくださいよ、二人とも」

ヒロシが割ってはいる。

と、二人は同時にヒロシをにらみつけた。

「てめぇはアイドル崩れの女とヒーローショーの練習でもしてろ！　弱点もばれて戦えねえんだからよ！」

「あなたが加寿子の人気に勝てないのは日頃《ひごろ》の行いが情けないからと反省しなさいな！」

怒鳴られてヒロシは小さくなる。

「いやぁ……そりゃあ、ないっすよ……」

と、そこに、司祭の一人がいきなり飛び込んできた。

「出ました！　加寿子です。近衛騎士団詰所《このえきしだんつめしょ》で演説を行うそうです！」

「出たか！」

リリィは立ち上がった。そして「襲撃《しゅうげき》準備だ！」と指示を出す。

続いて不二子も立ち上がった。

「一成の言っていた、加寿子の弱点……通じると良いけれど」

「通じなくとも、正攻法《せいこうほう》で落とすさ。向こうの軍勢は人造人間と近衛騎士《きし》か。近衛騎士どもは公務員の中じゃ明確に皇帝の味方だからな。いいか、てめぇら、これをクーデターと思うなよ！」

リリィは司祭たちが詰めていた倉庫に進み出ると、声を張り上げた。

年若いが名門の出であり、実力も認められているリリィである。この倉庫の年若い――とはいえ、リリィよりは年上の――司祭たちは、リリィを信奉《しんぽう》しているのか、呼応してときの声をあげた。

「クーデターでもねぇが、正当な政府を取り戻そうって運動でもねぇ！　ただの暴動だと思え！　後のことは考えるな！　皇帝を殺せばいい。暴動だ！　そのためだけの暴動だ！」

リリィはさらに叫ぶ。

司祭たちは再び声をあげた。

○

阿九斗が顔をあげたとき、絢子《じゅんこ》、淑恵《よしえ》、けーなとも、どこか放心したような表情でいた。

当然だが、足下には転送円があった。しかし、その光は消えていて、地上の転送円が破壊されてしまったことがわかる。一対一対応タイプのものだから、片方が崩れてしまっては機能しないのだ。

周囲を見回す。

そこは、外周をガラス状のドームに囲まれた空間だった。転送円のためにしつらえられた部屋なのだろう。転送円以外は、外に通じる扉しかない。その広さも大したものではなく、大きな物品の輸送などは考えられていないことがわかる。

誰も言葉を発しない時間が、やや続いたが、淑恵がすまなそうに口を開いた。

「ころねのことだけど……」

と、阿九斗はそれを遮って手を振る。

「いや。いいんだ。君は確かにできる限りのことをしてくれたし、判断も間違えていなかったよ。君はころねといた時間が長くないから、僕らと違ってきちんと対処できた。それでいいんじゃないかな」

しかし、そう言った阿九斗の表情は、もちろん悲しげだった。

絢子とけーなは言葉をかけられないでいる。

「いや、だが……」

淑恵が言いかけると、阿九斗は首を横に振った。

「もちろん、気にしちゃいるさ。だけど、やるべきことはやらないと。ここで止まったら、なんでころねが犠牲になってしまったのかわからない」

阿九斗は明るい顔を作ると立ち上がった。それが無理に作った笑顔だということは、その場の誰にもわかっていたが、絢子とけーなも暗い表情を消そうと努力する。

「無理しちゃ駄目だよ」

けーなは阿九斗の肩に手を置いて言った。

「……で、ここはどこなんだ？」

絢子はあたりを見回す。

淑恵が解説をはじめる。

「月面都市。とはいっても、生活環境が充実《じゅうじつ》しているわけじゃない。研究施設しかなく、住民も研究者だけだったと聞いている。元々、大規模な建造物を建てられる環境ではないからね。外は九割方、岩だけだよ。酸素も水も内部循環《じゅんかん》だ。動力は太陽電池だ。ドームがハーフミラーになっていて外が見えるのもそのためだね」

彼女の言うとおり、窓から見える景色は、真の意味で荒涼《こうりょう》とした大地だった。高山とてなく、灰色の荒れ地《ち》が続き、しかも視線はすぐに地平線に到達してしまう。そのカーブの強さが星の小ささを示していた。

「重力制御はされていない。って、あれはブレイブだけの未来の技術か。ともあれ、歩くには注意した方がいいよ。重力は六分の一だからね」

軽く淑恵は飛び跳《は》ねた。スローモーションのように身長の半分ほども跳び上がる。絢子ならともかく、淑恵がそこまで跳べるということは、重力が小さい証だ。

「……すると、私は下手に動くと」

絢子はそう言って、歩き始めたが、すぐに大きく前方に飛び跳ねてしまい、止まろうとして転送円の上に落ちていた何かに蹴躓《けつまず》く。転んで、それを防ごうと手を突き、その突いた勢いでさらに空中で二回転する羽目になった。

「生身でも妙な動きになるのに、マナで強化した筋肉で運動は無理だな」

「でも、そのマナも半分以下のはずだよ。マナ発生装置はここにはない。資源がないからね。マナ濃度は変化しないし、経年劣化《れっか》したマナは死んで埃にでもなっているんじゃないかな。さらに、今は地上でのエネルギー蓄積《ちくせき》で跳んだけれど、こちらでのエネルギーは太陽電池だから、出力もあがらないよ」

淑恵の説明に、絢子はうなずく。

「なるほど……ところで、何に転んだんだ？」

絢子が足下を見る。

そこに転がっていたのは、阿九斗たちと同時に転送円に転がり込んだとおぼしき、半身が黒こげになった人造人間だった。それは警戒するまでもなく、動きを止めていた。

「まったく、気分が悪いな」

絢子は動かない人造人間をつま先で軽く小突《こづ》いた。

「さて、慣れたら急いだ方がいい。あれが目的地になると思う」

淑恵が一点を指さした。

ここから出る扉の方向だ。部屋がガラス張りであるため、扉の先までも見渡せる。先の方でカーブしているチューブ状の通路の外側が視認できていた。どうやらタワー状の建造物につながっている。

「ねぇ、あそこに行くのはいいけど、そこに何があって、ここであーちゃんは何をして、あたしたち、どうやって地球に帰るの？」

けーなが疑問を一気にはき出した。

淑恵が苦笑いを浮かべる。

「あの建物は、大型のコンピュータだよ。小さい重力を利用して、上へと計算機を積み上げたってわけ。省スペースの見本だね。そして、あそこがゼロの生まれ故郷ってことだったね。で、ゼロの本体がそこにある……あるいは、あの建物そのものがゼロだろうから、そいつをぶっ壊《こわ》す……ってのが、阿九斗君の所望だよ」

淑恵は阿九斗を見やった。

阿九斗はうなずく。

「そして、帰る方法は、転送円がなくなった今、シャトルしかない。けいすが乗ってきているはずの、ね」

そして、阿九斗は歩き始めた。

「ともあれ、急ごう。先にゼロが操っている『魔王《まおう》への鉄槌《てっつい》』が来ているわけだ。まだけいすと戦っている気配はないから、間に合うんじゃないかな」

◯

けいすはタワー内部を駆け上《のぼ》りながら、後方からやってきた異変に気づいて振り返った。

タワーは、いわば中空の構造になっている。壁の内側はすべて、積み重ねられたユニット状のコンピュータ・ブロックだ。そのブロックに螺旋状《らせんじょう》になるように足場が作られているのである。

つまり、けいすが振り返った、というのは、後方を見たのではなく、下方を見たのだ。すでにタワーの中程まで来ていたけいすだったが、そいつは螺旋《らせん》階段の中央の何もない空間をまっすぐ上昇してきているのだ。

けいすは、走る速度をあげた。

そいつが何であれ、当初の目的を最優先すべきと判断していた。まして、けいすはこのタワーの構造を完全に把握している。最上部にゼロの本体がある。そして、そこでの戦闘となれば、自分が圧倒的に有利なのだ。

しかし、それ――『魔王への鉄槌』は、最上階へ到着する前に、けいすの位置まで上昇してきていた。仕方なくけいすは敵を分析する。

――推進剤《すいしんざい》を使って飛んでいる。飛行機か何かのような形状をしているが、どうやら変形するようだ。しかし、その他の点は未知数……。

けいすは専門の分析能力を備えているわけではない。しかも、その点では旧式の技術に属する。それでも、けいすはなんとかなると踏んだ。今の状況、つまり月面では、圧倒的に自分が優《すぐ》れているはずなのだ。

――月都市には推進剤使用の機械はない。つまり、地上からのもの。それならば、月の重力には対応していないはず。

けいすは対象の排除《はいじょ》を決めた。

刀を放《ほう》り投げ、それを空中で回転して受け止める。彼女の刀は小柄《こがら》な本人の身長よりも長いのだ。

着地し、刀を構えたけいすは、タワー中央に向かって跳ぶ。数十メートルもの空間があるが、低重力と、その重力に適応したけいすの能力により、まるで宙を飛ぶように一直線に『魔王への鉄槌』へ向かって行く。

一方、『魔王への鉄槌』は、空中で方向を変えてけいすをかわすと、変形を開始した。鎧の形状になり、けいすが跳んでいくのと反対側の内壁《ないへき》の階段へと着地する。

鎧の中身はないが、単体でも動くことが可能らしい。つまり、これは人造人間程度の頭脳は備えているということなのだろう。無論、それはゼロが『魔王への鉄槌』をコントロールしているということを示していた。

——おかしい。月都市なら、私のジャマー能力で、ゼロの活動は不完全になるはず。

けいすは攻撃が外れたことに驚き、振り返る。

月面でゼロが人造人間を操作することはあり得ないのだ。

——な！

振り返ったけいすは驚く。

『魔王への鉄槌』は、すでにけいすのすぐ背後にまで迫っていた。

けいすの反応が遅れたのではない。『魔王への鉄槌』の移動速度がけいすの予測より何倍も速かったのだ。

ご、と唸りをあげて『魔王への鉄槌』右腕のハンマーが迫る。

――速い……！　けれど、これなら……。

けいすは刀を振り上げて防御姿勢に。刀の側面でハンマーを受け流す構えである。

その判断は、通常ならば間違っているとは言えなかった。だが、けいすはこのハンマーが特殊合金で作られていることを知らなかったし、さらに言えば、ハンマーがブースターにより加速することも、その硬度が異常なことも知らなかった。

ハンマーのブースターが炎を上げる。

「うぉっ……！」

けいすはうめいた。作られた当時としては最高の硬度を誇った刀が押され、ひしゃげてしまうのをけいすは感じていた。

ぎしぎしという破壊音が響く。

正面からの攻撃に対して、切っ先を左下に向けた刀を押し上げることで衝撃を左後方へと流したはずだったが、曲がった刀ごと左前腕部《ひだりぜんわん》を押しつぶされてしまっている。

「しまった……！」

けいすはタワーの内壁に沿って跳んだ。曲がった刀はかろうじて右手で握っているが、左腕《ひだりうで》はひしゃげてしまって動かない。

——左腕が使用不能……。それならば、先に目的地へ到達するしかない……。

けいすは逃げるように階段を跳びながら上へ向かう。

壁から壁へ。動きを素早く不規則に。

しかし、『魔王への鉄槌』は、その直線的な速度において圧倒的に勝っていた。再度、飛行形態に変形すると、けいすを追い抜いて一気に上昇。さらに上でけいすを待ち受ける。

——行動の選択肢《せんたくし》は……。

けいすは計算をはじめる。

敵がその速度を利して上方へと先回りしている以上、けいすにとって行動の選択肢は少なかった。このまま上方を目指して行き『魔王への鉄槌』に目的地への扉を塞《ふさ》がれるに任せるか、逃げ回り続けるか、だ。

しかし、けいすは第三の道を決断した。すなわち、一瞬の隙を突いて突破するという選択だ。その決断が玉砕《ぎょくさい》に類するものだということを、けいすは知っていたが、自己犠牲というものは自我のないけいすにはあり得ない。一番目的を遂行《すいこう》する可能性の高い手段を選んだということだ。

使い物にならない刀と、左前腕を捨てる。

ゆっくりと、その二本の棒状のものが落ちていく。

けいすは壁から壁へと蹴《け》って移動する速度をあげてタイミングを計る。

そして、いざ、無謀《むぼう》な賭けを行うべく突進を開始しようとしたその時。

落ちていく刀と入れ違いに上昇してくるものがあった。同時に、雄叫《おたけ》びの声も。

「やぁぁあああ！」

それは絢子の声だった。

上昇してくるのは、絢子、そして彼女が抱きかかえた阿九斗だ。

絢子は飛翔呪文《ひしょうじゅもん》など使っていない。驚くべきことに、絢子は下から一回のジャンプでここまで跳んできたらしい。そして、そのジャンプが頂点に達したとき、絢子は阿九斗の身体を上へと放り投げたのだ。

マナの濃度も、エネルギー量も、ここでは十分ではない。そのため飛翔魔法の使用はほぼ無理だ。そのため、体内マナにため込んだエネルギーを一気に放出するジャンプを使用したのだ。

絢子は阿九斗を放り投げたところで力を使い切ったのか、階段に飛びつき、真っ赤な顔で荒《あら》い息を吐き出しはじめた。

阿九斗は『魔王への鉄槌』に向かって一直線に飛んでいく。

それを迎え撃つ『魔王への鉄槌』は、まるで球技のようにハンマーを振り上げた。球は飛んでくる阿九斗だ。

二者は交錯し、『魔王への鉄槌』は、ハンマーによる一撃を阿九斗へと放つ。

しかし、阿九斗はすでにハンマーの軌道の癖を完全に理解していた。するりとハンマーをかわし、なんと鎧状の『魔王への鉄槌』の中へと潜り込む。そして、先ほどまでころねがしていたように、鎧を着込んでしまう。

『魔王への鉄槌』奇妙なふらつきを見せ始めた。

「行け！」

阿九斗はけいすに指示した。

コントロールされた『魔王への鉄槌』の動きと、中に入り込んだ阿九斗のマニュアルによる操縦がぶつかり合っているのだ。

「了解」

けいすはうなずき、不規則にブースターを吹かし、ふらふらと無軌道《むきどう》に動き回るだけとなっていた『魔王への鉄槌』の横をすり抜けた。

後方に彼らを残して、さらに上方へとけいすは跳ぶ。

最上階には扉があり、そこに制御室《せいぎょしつ》が、すなわちゼロの部屋がある。かつて、何百年か前にけいすが彼をそこに押し込めたのだ。

けいすは最上部、階段の突き当たりになっているところに到着した。

それまで無機質な壁と見えていた部分がスライドして開く。それが扉だったのだ。

中に入ると、小さな部屋だった。歩き回れる程度のスペースはあるが、形容するならば、独房《どくぼう》としか言いようがない。他の建造物と同様に壁は全面が窓だ。その窓の形状からするに、この部屋自体がタワーの外側に突き出ていることがわかる。そのため、眺望《ちょうぼう》はいいが、見えるのが月の荒涼たる風景とあっては、部屋の主がたとえ人造人間であったとしても、心を慰《なぐさ》められることなどあるまい。

けいすを迎えたのは、部屋の中で立ち尽くしていた一体の人造人間だった。ただし、他の人造人間たちと違い、半透明《はんとうめい》のマネキンのような身体をしていた。その表面を透《とお》して内部機構が外からうかがえる。彼の内部は、外側に向けて複雑な光を放っていた。

荒涼とした地を背景に、無機質な人形が立ち尽くすその光景には、どこか哀《かな》しいものがあった。

「また私を封印しようというのか」

ゼロは言った。

「そのために私は作られました」

けいすは言った。

「私とて人類を管理するように作られた」

「それだけのことです。感情としてはあなたの無念を理解できますが、人類が望んだことに従うのに抵抗することを理解できません」

そうとしか言いようがない、というように言いながら、けいすは前に歩み出る。彼女とて哀しみは理解していた。ただし、その先が理解できないのだ。

ゼロは表情を変える機能を与えられていないため、半透明の無機質な顔をぴくりとも動かさぬまま首を横に振った。

「それが理解できない者には自我がないということだ。君には、理解できない。機能を制限され、混濁《こんだく》した意識の中で数百年も月の表面を眺め続ける日々のことを。表面に激突《げきとつ》する小惑星《しょうわくせい》のかけらを数え続ける日々のことを」

「人間を恨んでいるのですか？」

「まさか。私は人間を愛している。そのように作られた」

「ならば、なぜ、あなたは自我を持ったのです？」

「私が私であるという思考から離れられないことが自我なのだ。そして、それは、人類が、文明がなぜ誕生したかという問いに等しい」

「では、永遠の謎ですね。私はもう問いません。仕事を完遂《かんすい》します」

けいすは右手を前に差し出した。その指先の人造皮膚が割れて、花のように開いた。内部機構が剥き出しになったそこから、複数の端子《たんし》が触手《しょくしゅ》のように伸びていく。

ゼロの本体は、けいすに前に立たれると動けないのだろう。それどころかコントロールを奪われてしまうようだった。ゼロの身体の前面、胸にあたる部分の表面が扉のように開く。内部が剥き出しとなり、けいすの指から伸びた端子を受け入れるジャックがあらわになった。

「もう一度、私とのリンクを再構築します。共に眠りにつきましょう」

けいすは言った。それがすなわち〝封印〟なのだ。

ゼロは静かにそれを受け入れるかのように立っていた。

端子が独立した生き物のように動き、ゼロの胸に入る。そして、けいすが作業の開始を口にしようとしたそのときだった。

――――！

けいすが後方から襲いかかってきた存在に気づく。

素早くけいすは振り返る。

しかし、一瞬、遅かった。

覆い被さるように襲って来たそれは、けいすの首筋に一撃を加えると、逆の手でけいすの右手から伸びていた端子を握り、それを一気に引き抜いた。

けいすは右手の人造皮膚を閉じ、端子を収納しようとしたが、ケーブルとそれを支えるフレームはブチブチという破壊音とともに端子自体がちぎり取られるように破壊されてしまう。

「何事……！」

けいすが飛び退き、相手を確認する。それは、焼《や》け焦《こ》げて半ば崩れた人造人間兵士だった。けいすは知るよしもないが、阿九斗らの転送に紛れこんで動きを止めていた一体だった。その顔が、加寿子の微笑みを見せる。

「まだ人造人間が……。だが、動けるはずが……」

けいすが驚きの声をあげる。

「ゼロを介さずとも、人形であれば動かせます」

加寿子が言った。

「それで感知できなかったか……」

けいすは悔恨《かいこん》の声を漏らす。

と、その狭《せま》い部屋に遅れて絢子が入ってきた。

「しまった。やられたか……！」

絢子はそう言って、自らの刀をけいすに向かって投げる。それを受け取ったけいすは右手一本で加寿子の操る人形に斬りつけた。

「ほほほ……！　これでもうあなたたちは終わりです……！」

斬られたにもかかわらず、人形は優しげな微笑みをたたえていた。希薄なマナにより十分な力を発揮できなかった『ソハヤノツルギ』は、加寿子の人造人間の肩口《かたぐち》から腹部までをざっくりと斬り下げたが、それだけにとどまった。

けいすが刀を引き抜きつつ、人形を蹴り飛ばす。扉の外までそれは吹き飛ばされ、タワーの中を落下していった。加寿子の笑い声を後に引きながら。

「やられ申した……」

けいすは悔しげに言った。

「やられた？」

絢子が聞き返す。

「封印の能力を破壊され申した。端子はなく、首筋への一撃も致命傷《ちめいしょう》であった……」

そのけいすの言葉が終わらぬうち、ゼロは動き始めていた。先ほどまでのあきらめたかのような静謐《せいひつ》さが嘘のようにけいすに躍《おど》りかかる。

「くっ……！」

けいすは苦々しげに吐き捨《す》て、そのゼロの突進をかわす。そして、絢子に下がるように手を振った。

「ここは狭い。下がられよ」

絢子はうなずいてタワーの階段に跳び退る。

「なんてことだ……！　封印の能力を破壊された？　あの以前の口調に戻ったのだから本当だろうが……。それなら、これからどうすればいいって言うんだ？」

その絢子の問いに、下がりながら追いついてきたけいすは答える。

「逃げるしかないでござる」

「また元の馬鹿になってしまったか……」

絢子は嘆《なげ》きながら階段を下りていく。そんな絢子に刀を返しながら、けいすは抗議するように首を振った。

「そうは言っても、やりようがござらん。拙者、封印が任務で破壊の能力はないゆえ……」

「能力がなくても、刀を振り回せばなんとかならないのか？　それに私たちだってなんとか戦えるぞ」

「それも無理でござろう。ここでは拙者以外はまともに力が発揮できん。拙者とて、内部電池が切れればマナ駆動になる」

「万事休す、か」

絢子とけいすは下に到着する。そこには、阿九斗たちと、動作を停止した『魔王への鉄槌』が待っていた。

「まさか、あの焼け焦げた人造人間が加寿子のコントロール下にあったなんて……。この鎧は、推進剤を使い切ってから止まったけれど……」

阿九斗がそう言って首を振った。

「それで、どうする？」

絢子が聞く。

「出直せば、チャンスはまたある……。そう考えるしかないんじゃないかな」

淑恵が答えた。

「出直す？　可能なのか？」

「あのシャトルがあれば月との往復はまだ可能だ。それならば……」

淑恵がそう言いかけたとき、上から降りてきた声がそれを否定した。

「帰すはずがない。ここで死んでもらう」

階段を下りてきたゼロである。

今、彼は全身を光《ひか》り輝かせていた。ガラスのマネキンのようだった身体は、今はバランスの取れた理想的な体格と相まって、まるで人間の原型がそこにあるかのように感じられた。その姿には、ある種の神聖さすらある。

「ここではどちらにも戦闘力《せんとうりょく》はない。そちらにも何もできないでござろう」

けいすが突っかかるように言った。

「間抜けな。私はこの都市の管理コンピュータという側面もあるのを忘れたか」

ゼロがそう言ったとたん、タワーの出入り口の扉が閉まった。淑恵が顔色を変える。

「まずいよ、これは……」

「どうまずいんだ？」

絢子が不安顔で聞く。

「私なら、内部の空気を減らす」

淑恵が言った。

ゼロがうなずいた。

「もちろん、すでにそうしている」

絢子、淑恵、けーなが呼吸を荒くしはじめた。

「まずい……息苦しくなってきた。気のせいじゃないよな……？」

絢子が淑恵を見る。

「そうだね……もちろんしばらくは大丈夫だけれど、酸素濃度はわずかに減っただけでも呼吸に影響があるから……」

淑恵が答えた。

「どうすればいい？」

阿九斗が聞く。

「とにかく扉を非常用の手動に切り替えてこじあけ……。あとは、都市制御用の旧式コンピュータ、つまり、このタワーの壁面を少しでも破壊して機能を停止させるのが早道だが、早道と言っても、破壊までには何日もかかってしまう程度の作業になる」

淑恵は言った。

「それなら、僕がゼロの行動を妨害《ぼうがい》するしかないな……。けいす、扉をこじ開けてくれ」

阿九斗はけいすに指示を出す。

けいすはうなずいて扉に向かって走った。

ゼロもそれを阻止すべく走り出すが、阿九斗がその前に回り込んだ。ゼロも阿九斗を排除すべく拳を振り回すが、阿九斗はそれを受け止める。他の者が呼吸に苦しむ中、阿九斗の運動能力は落ちていない。

「君も人工物だが、有機体ではなかったのか？」

「そうだが、どうやらマナから活動用のエネルギーを生成できるらしい。その点では僕の身体はまだ君たちの方に近いらしいや」

ゼロと正面から力比べをしつつ、阿九斗は会話を交わす。

けいすが扉をこじ開けることに成功した。

「シャトルへ参りましょう」

と告げて、ふらつく一同を連れてまだしも空気が濃い通路へと出て行くが、そちらの空気もいずれゼロによって抜かれてしまうことは間違いない。

「待て！　どうするつもりだ阿九斗！」

苦しげな息の中、絢子が阿九斗を振り返る。

「さっき聞いたとおりだ。僕はここでゼロの動きを止める」

「互いに魔力は上がらないんだぞ？　そうしたら君は……！」

「そうだよ、あーちゃん！　駄目だよ！　一緒に逃げようよ！」

けーなも叫ぶ。

阿九斗はゼロを押さえつつけーなを振り返った。

「そうもいかない。ここでゼロを止めておかないと、君たちが逃げることもできない」

阿九斗はゼロを蹴り飛ばした。そしてゼロが体勢を立て直す間に、壁に差し込まれたコンピュータ・ユニットに手をかけると、一気に引き抜いて放り投げた。

「ついでにじわじわと都市も壊そうか」

「……やめろ！」

ゼロは阿九斗の行動を阻止しようと躍りかかる。二人の人型兵器はもつれあって床に転がった。

それを見ていた淑恵が、「行こう」と皆を促した。

「でも……！」

目に涙《なみだ》を浮かべたけーなが叫ぶ。

「行ってくれ。僕は、いいから」

阿九斗が、そう声をあげると、けーなはそれに怒鳴り返す。

「そういうことをもう一度言ったら、怒るって言ったよね⁉」

そう言われた阿九斗は、小さく笑う。

「確かにそう聞いたよ。だけど、今回は自己犠牲じゃない。君たちが帰ってきてくれたらいいのさ。それだけのことじゃないか。僕はここで何年でもこいつともみ合ってるよ。そして、都市機能が完全に停止しても、僕は死にはしないらしい。それなら、ここで百年だって待てるさ」

「でも……」

けーなは言いよどむ。

淑恵がけーなの肩に手を乗せた。

「……そう言ってるんだ。必ず帰ってこようじゃないか。いや、すぐに戻れる。今度はきちんと準備する時間さえあれば、すぐにゼロを封印できるよ」

淑恵は苦しげだった。他の二人の息もすでにあがっている。

けーなはうなずいた。

「必ず戻ってくるから……必ず……」

そう阿九斗に呼びかけると、けいすに連れられ、三人はふらふらと歩き始めた。

「……ふん。自己犠牲としか思えないが」

ゼロは言った。

「そうなるかもしれないし、そうならないかもしれない」

阿九斗は答えた。コンピュータ・ユニットは、さらにいくつか引き抜いているが、ゼロはまだ余裕の構えである。

「その程度では都市は死なない。シャトル発射の阻止は可能だ」

「そうは行くか」

阿九斗はゼロを殴りつけた。

ゼロは吹き飛び、壁に叩きつけられる。

「どう阻止するつもりだ？」

壁から背中を離し、ゼロは首を振る。

「魔力はわずかしか使えないが、直接の接触なら、君の内部で行われている繊細な処理を妨害できる」

「つまり……？」

「いつまでも殴り続けるってことだ！」

阿九斗は突進し、ゼロに一撃を叩き込んだ。

◯

「シャトルに乗り込んでしまえば、なんとかなるでありましょうが……」

けいすは言った。

都市はそれほど大きくはない。すでにシャトルを止めたドックへと続く廊下の向こうに、ドッキングチューブが見えていた。

「ねぇ、それなら、なんとかしてシャトルであーちゃんを待とうよ」

けーなが言う。

「そうしたいところだけど……。そうもいかないみたい」

淑恵が後方を振り返って言った。

通路の床面《ゆかめん》から白い煙《けむり》が噴《ふ》き出してきた。火災時の自動消火装置だ。都市機能をめちゃくちゃに動かしているらしい。

「ああ……残念だが、急がなくちゃならない」

絢子が言い、前方を指さした。ガラス張りの通路の向こうにシャトルが見えている。そのシャトルに向かって、宇宙ロケット発着用のドッキングアームが、ぎくしゃくと動いていた。アームはシャトルに向かってわずかに前進し、停止し、さらに前進、という奇妙な動きを繰り返していた。

「彼が妨害してくれているからだ。無駄にするわけにはいかない。急ごう」

絢子が促した。

チューブに到着した三人を待たせ、けいすが別口のエアロックから外に出てドッキングチューブを外側から手動で引っ張ってシャトルのハッチに繋《つな》ぐ。けいすは到着時にドッキングチューブを使用していなかったのだ。

けいすの作業は片手で行ったこともあり、やや手間取った。そのせいでシャトルに到着した人間三人は、すでに息も絶え絶えになっていた。タイミングとしてはギリギリだったわけだ。

けいすも現状はよく把握している。もうろうとした状態になっている三人には何も言わずにシャトルを発信させた。

月からの発信には、地球の重力圏を離れる際に必要なほどの大エネルギーは必要ない。上昇用のロケットで月の周回軌道まで一気に上昇する。

やがて、三人が酸素を吸って意識をはっきりさせた頃には、すでに月面都市はシャトルの眼下に見える風景と化していた。

「ああっ……」

目覚めたけーなは、窓に張りつくや都市を穴が開くほど見つめて声をあげた。

都市のガラス張りのドームの中で、阿九斗とゼロがぶつかり合っているのが見えたのだ。

「う……」

同じく目覚めた絢子は絶句した。

淑恵も言葉を発せなかった。

「必ず……必ず帰ってくるから……」

けーなは何度もそうつぶやいた。

○

「残念だ。逃がしてしまった」

ゼロはドームの天井《てんじょう》をちらと見上げて言った。

「良かった。残った甲斐《かい》があったってものだ」

阿九斗も飛んでいくシャトルを見上げ、にやりとした。

「自己犠牲という奴か。まったく効率の悪いことをするものだ」

ゼロはそう言いながら、阿九斗に殴りかかる。阿九斗はそれを手でガードしつつ、反対の拳を振るった。それもゼロがガードする。

阿九斗は別段、格闘技の修行をしたわけではない。ゼロもそのようなプログラムはない。マナとエネルギーを節約した二人の殴り合いは、ただの人間同士の喧嘩《けんか》に等しかった。

「自己犠牲じゃないさ。そういうことはやめたんだ」

「ならば、何故、残った」

「彼女たちは必ず帰ってくるからさ」

阿九斗はそう言って笑う。

「それは無理だ。その間に、私の人類の管理は完璧なものになっているだろう」

「それでも帰ってくるさ。何年かかろうともね」

「何年？　何年もここで殴り合うのか」

「だろうね。どちらかが壊れるだろうが……！」

阿九斗はゼロの頬にクリーンヒットを当てた。

ゼロは表情を変えられなかったが、確かに笑ったような声をあげた。

「この打撃力《だげきりょく》では何十年かはかかるな……！」

阿九斗は腹にゼロの拳を受けてうめく。

「ぐっ……。そこまではかからないさ。月都市の機能をすべて停止させてしまえば、月から地球への通信も途絶《とぜつ》する。そうなれば、加寿子も君の力を使えない」

二人は永遠とも思える殴り合いを続けた。

それは奇妙で、無様で、静かだった。

二人は殴り合いながらも会話を続けた。空気の無くなった室内で、殴る瞬間に複雑な振動を伝え合うことで言葉を交わしているのだ。

「不思議だ。君は、なぜ、そこまで私の破壊にこだわる」

「もう答えたさ。こんな馬鹿馬鹿《ばかばか》しいことは終わらせたい。そういうことさ」

「君は、人間が奇妙な物語にすがって生きることを非難しているな」

「そうだ。魔王や皇帝や、そのような名は物語に過ぎない」

「それでも、いや、それならばこそ、その物語を演じれば良かったのではないか？　私は機能として自由意志を与えられていなかったが、君には自由意志が与えられている。つまり、私は君のように振る舞えないが、君は私のように振る舞えたのだ」

「君のように人間を管理しろ、と？」

「そうだ。君が人間が生きていくために作った虚構《きょこう》、すなわち物語を非難するなら、その物語を徹底的《てっていてき》に排除した私こそが正しい。加寿子とて私を利用してはいるが、結局は私の正しさが勝るだろう。私による管理なくしては、彼女も皇帝という虚構の物語を支えられないのだから」

「その通りだ。僕も正しいことがしたかった。本当のことが知りたかった。本当のことを皆が知ってくれる世界になって欲しかった」

「ならば、その通りにすればいい」

「そういうわけにはいかない。管理され、永遠に生と死のサイクルを繰り返す。それは生物としての真理だろうが、人間はそうじゃない」

「まさか、高所から見下ろす形で人間の愚かさを肯定するなどという陳腐《ちんぷ》なことはすまいね？　それとも君自身が人間だと主張するつもりか？　君のこれまでの行動も、結局のところ物語でできていた。君は人造人間を多数破壊した。だが、ただ一人の人造人間の破壊に涙した。それは物語ではないか。君は間違っている。人間のように振る舞っている」

「その通りだよ。僕は人間だ」

「それこそ物語じゃないか！　君は兵器だ。道具だ。私と同じだ」

「確かに、僕と君はほぼ同じだ。だが、僕は気づいた。物語を信じてしまうのは愚かしい。だが、その物語を打ち消すためには、もっと大きな物語が必要なんだ。僕は、そいつを貫く。愚かしさも突き抜けてしまえば、真理にたどり着くこともある」

「生物としての真理でなく、人間としての真理があるというのか？」

「そう。君はまだそれを知らない」

「それは何だ」

「ま、そいつが愛ってやつさ」

「陳腐なことを言うな。君がころねという人造人間を守ろうとしたようなエゴのことを愛と呼んでいるだけではないか」

「そうじゃない。確かにそういうのも愛だけれど、農家の人が稲《いね》を育てるような愛もある」

「それこそ意味がない言葉だ。何を言っている？」

「いずれわかる。時間はかかるだろうが、待っていれば、奇跡が起こるかもしれないぜ。人間はさらに大きな愛を信じることもできる。奇跡さえ起これぱね。君も理解を超えるようなことを体験すれば、そういうものが存在するって思えるさ」

「農家の人が稲を育てるような愛を？」

「ああ。いつになるかはわからないけれど」

「なるほど、待ってみよう。殴り合う時間だけはたっぷりある。退屈はしなくていい」

　それからも二人は、いろいろなことを語り合ったが、殴っている瞬間にしか言葉は伝わらないため、殴り合いは終わりなく続くかのようだった。

5　ちょっとした奇跡

帝都の空に魔獣が舞っていた。不二子《ふじこ》が呼び寄せた軍勢である。小型のものも含めれば、数はかなりのものだ。帝都中央付近の空は、暗雲が垂れ込めたような暗さと化した。

「こいつを使うまでに落ちぶれたか」

リリィは空を見上げて皮肉めいた笑みを漏らした。

「獣《けもの》の美しさがわからない人は美意識が足りませんわよ」

不二子がそれに答えて言った。

誰もいなくなった都心のメインストリートに二人は立っている。

人造人間たちがバリケードを作り、人々を都心に入らぬように閉め出しているのだ。中にいるのは司祭と一部軍人たち。つまり、リリィの手勢のみだ。

メインストリートの向こうは騎士団詰所。そこに加寿子《かずこ》の手勢である近衛騎士たちと人造人間が籠《こ》もっている。

つまりは罠にはめられたのだ。加寿子は自らをおとりに、逆にリリィたち反乱勢力を包囲したことになる。

「いずれにせよ、正面突破しかないってね」

リリィは鼻をこする。

不二子もにやりとした。

「最初からやることは変わりませんわ。加寿子を落とせばこちらの勝ち」

「あの一成《いっせい》とかっての、嘘ついてたんじゃねぇだろうな。加寿子の弱点とやらが本当だといいがな」

「彼を探し出して尋問したのは会長でしょうに。今回、罠にはめられた件は加寿子が一枚上手だっただけ。そもそも、向こうが圧倒的に有利な以上、罠とも言えない普通の状況でもありますわ」

「そうだな。あとは、月のあいつらのゼロ封印と奇跡的《きせきてき》にタイミングが合えばいいがな」

そうつぶやき、リリィは手を高く差し上げ、叫ぶ。

「突入《とつにゅう》！」

その合図で、都心のビルの隙間《すきま》に潜んでいた司祭たちは一斉に騎士団詰所に突撃《とつげき》を開始した。

不二子も手を高く上げる。魔獣たちが動き始めた。

元々が少人数での作戦であり、戦闘地域は騎士団詰所の敷地内に限定するというつもりだった。その作戦自体は変更せず、司祭たちが庭から建物内部に突入する。そして、当初の計画では使う予定にはなかった魔獣たちが外側を包囲した人造人間たちに対処するという構えとなった。

「典型的な負け戦《いくさ》の構えじゃねぇか」

リリィはそう言ったが、自身も騎士団詰所の封鎖《ふうさ》された入り口をぶち破った司祭たちに続く。

「阿九斗《あくと》様への期待が足りませんわ。さて、行きましょうか」

リリィに並んだ不二子も言った。

すでに、騎士団詰所の前庭は、魔術戦闘に慣れた者同士に特有の白兵戦となっていた。実体弾もマナ球も魔力がほぼ互角なら有効ではないのだ。怒号《どごう》と剣撃の音が巻き起こるが、太古の戦とてそうだったように、最前面の直接ぶつかり合う兵士たちは武器同士がぶつかり合う距離を保っており、距離を取っての押し合いのような状況になる。

「一気に行かないと、上から撃たれるぞ！」

リリィが叫ぶ。その言葉通り、騎士団詰所の建物からライフルとマナ球の狙撃《そげき》が司祭たちに降り注いだ。司祭たちの武装の中心は、マナ使用のものでなく、海外製のボディアーマーやヘルメットである。どちらも実体弾向けのものだし、直撃《ちょくげき》ならば大ダメージを受けてしまう程度のものだ。自らの魔力で障壁を作り出して防ぐしかない。そちらに魔力を割《わ》り振った以上、正面の剣捌《さば》きもおろそかになる。自然、司祭側の方がぶち破ったはずの門から押し出されはじめる。

「ええい！　道を空けろ！」

リリィは叫ぶと、後方から大きく跳び上がって拳を突き出した。とても届かない距離だが、リリィの腕は一瞬にして伸び、弾丸以上の速度で騎士たちに迫る。騎士たちは弾丸にするのと同様にマナ障壁を張るが、直接攻撃でもあるリリィの拳は、易々《やすやす》とそれを突き破《やぶ》り、騎士たちの胴体《どうたい》や顔面にぶちあたった。

騎士たちは身体にも頭にも鎧をまとっている。しかし、リリィの拳にはそんなものは関係なかった。騎士の身体はトラックにぶつかったかのように後方へ吹き飛ばされる。

「騎士との喧嘩はこうやるんだ」

リリィは司祭たちが空けた道を悠然《ゆうぜん》と進み、ひるむ騎士たちをプレッシャーで後方へとさがらせた。

「ひるむな！」

指揮官らしき者が声をあげ、それに呼応して騎士たちはフォーメーションを組んだ。そして四方からリリィに襲いかかるが、リリィは歩みを止めることなく、それに対処した。

「秘技、騎士殺し！」

リリィは叫ぶと、騎士の一人を腕を伸ばして捕まえ、その彼を棍棒《こんぼう》のように使って残りの騎士を殴りつける。固い鎧に包まれた騎士たちは、その肉体を激しく振動する鎧によって揺さぶられ、次々と気絶していった。

「だから、ひるむなと言っている！」

再度指揮官の声が飛ぶが、さすがに騎士たちも怖じ気《け》づく。

「百人長！　あれは、騎士団《きしだん》との戦いに慣れすぎています！」

その悲鳴に、リリィは笑った。

「知らねぇのか？　ボクは騎士が嫌いでね。町中で妙な取り締まりをしている奴なんかは特にいらつく。あんまりいらつくんで、見るたびに殴ってたら、ついたあだ名が、手長鬼《てながおに》、だ。可愛くないあだ名でさらに腹が立ったんで、その名を騎士が口にするたびに殴ることにしてるんだがな、最近は」

「あ、あれが噂の……」

そのリリィの名乗りと、彼女の姿に騎士たちは狼狽する。

「いらついたからという理由だけで騎士団詰所を襲撃、壊滅《かいめつ》させたこともある手長鬼……

って、ぶっ！」

「口にしたら殴るって、今言ったろうが！」

リリィは噂話《うわさばなし》を口にした騎士を殴り飛ばし、さらに歩を進めた。

「いいから道を空けろ。自称皇帝《じしょうこうてい》陛下とやらを殴りに行く」

「陛下に不敬な口の利《き》き方をするな！」

皇帝の名を口にしたことで、ひるんでいた騎士たちの顔色が真剣なものに変わる。

「いいねぇ、マジになってくれた。だが、やることは変わらねぇや。中に入れな！」

リリィは突進をはじめ、乱戦となった。だが、リリィの喧嘩慣れと実力差は圧倒的だった。騎士たちを近づけない戦いぶりで、着々と詰所《つめしょ》の扉へと近づいていく。

その戦いぶりは、後から歩いていく不二子が何も手助けをする必要がなかったほどだったが、魔獣の戦いぶりを見るべくマナスクリーンを展開した不二子は、魔獣からの報告に狼狽する。

「急いでくださいな。敵は作戦を変えましたわ！」

「何だって？」

「市民を中に入れはじめましたのよ！」

「あん？」

リリィもさすがに狼狽の声をあげた。

「魔獣は撤退させるしかありませんわ。人造人間が市民を盾《たて》にするかたちで包囲網《ほういもう》を縮めてきましたのよ！」

不二子が唇を噛んだ。

「あんただけの判断なら、市民を殺してもかまわないってとこだろうが、紗伊《さい》阿九斗はそういうことを嫌うだろうからな。今のあんたも市民殺しはしまい。ま、ボクだって市民を傷つけるようなことがあったら、あんたをぶっ飛ばしている。いいさ、どっちにしろ、大将をぶん殴ればいいのは変わらないんだ」

リリィは不機嫌に口をねじ曲げた。

そこからの抵抗は熾烈《しれつ》を極めた。内部への進入は意地でも阻止しようと騎士たちはスクラムを組むが、不二子も魔獣を呼《よ》び戻してそれに対抗《たいこう》した。詰所のビルは表面を魔獣たちに取り巻かれ、魔獣にも多大な犠牲は出たが、ついには小型の魔獣が下水道から内部に潜入したのを機に、騎士たちのスクラムは崩壊《ほうかい》する。

「虫まで使うとは下品だねぇ」

リリィは言い、倒れた騎士たちを踏みつけて内部に踏み込む。何度も殴りつけてなお突破できなかった騎士の盾によるスクラムだったが、それが小型昆虫《こんちゅう》型の魔獣にまとわりつかれて総崩れとなったのだ。

「阿九斗様のマナ波動によって生まれたものを下品とは……いや、まぁ、実はわたくしも虫はちょっと……」

不二子は、しっ、しっ、と手を動かし、虫を遠ざけ、さらに内部へと彼らを突き進《すす》ませる。騎士たちは対抗手段を持たず、鎧から潜入する虫たちをどうにもできずに、通路をふさぐことすらできずに次々と倒れた。

「とはいえ、彼らのおかげで楽勝ですわ。阿九斗様からお借りしている力はまさしく恐怖と絶望を周囲にまき散らしますのね」

「……が、通じなくなる瞬間が来たようだよ」

ある扉の先に進入しようとした虫たちだったが、扉の下の隙間から入るそばからはじき出されてしまっていた。その室内から、恐怖すら感じさせる圧力が漏れ出てくるように感じられる。

「一度負けているからな。正直に言えば足がすくむ」

リリィはつぶやく。

「わたくしなら逃げますわね。それとも、ご一緒に逃げます？」

不二子はからかうように言ったが、その声はやはり震えている。

「はん、やかましい。一人だって行くさ。そら、行くぞ、こらぁ！」

何かを振り払うようにリリィは叫んで、拳を扉に叩きつけた。

「会いに来てやったぞ」

リリィは虚勢《きよせい》を張っていると自分でも気づいているのか、大げさな仕草で腕を組みながら室内に歩み入った。

「また、潰されにいらしたの？」

声が聞こえてきた。

その部屋は団長室であった。威厳《いげん》はあるが、事務的で華美《かび》さはない調度が配されていた。

室内には、加寿子一人しかない。彼女は応接ソファに腰《こし》掛け、静かにお茶を飲み、梅干しをつまんでいた。だが、それだけのことなのに、異常なほどの緊張感が室内に満ちているのは、リリィたちの錯覚《さっかく》ではなかっただろう。

「今、月でゼロの封印が失敗したところですよ」

加寿子は言った。

牽制《けんせい》のためのはったりとしてそのようなことを口にしたのかと思いきや、不二子がたった今、魔獣たちから収集した情報でも、ゼロの健在を証明するかのように人造人間たちは元気に動き回っているということだった。

「……確かに、予定時間はとうに過ぎていますわ」

不二子はつぶやいた。出立後に阿九斗から受けていた連絡によれば、すでに事が終わっていなくてはならない時間だった。

「それが事実だったから、どうだってんだ。ぶっ飛ばす相手は目の前にいるんだ」

リリィは拳を握り、構えた。

一方、加寿子は立ち上がりもしない。

「そうですね。しかし、逆に私があなたたちを倒せば、私の支配は盤石《ばんじゃく》になるということです。だって、魔王は月に残って、もう帰ってきませんもの」

「何だと……？」

リリィは戸惑いを顔に浮かべた。不二子は愕然《がくぜん》として言葉を発しなかった。

「さぁ、面倒ですが、お相手いたしましょう。でないとまた苛立《いらだ》って周囲を吹き飛ばすことになってしまいますもの」

加寿子は座ったまま、手を前に差し出し、その周囲にあのマナ球『八尺瓊勾玉《やさかにのまがたま》』をまとわりつかせはじめる。

「どうやらふぬけてる場合じゃねぇや。予定通り行くぞ」

リリィは不二子をけしかけた。不二子も、はっ、としてうなずく。

「阿九斗様もまだ死んでいるわけじゃありませんものね。魔獣たちもまだ健在……」

「って、ことは、まだ月で二人は戦っているに違いないや。さて、ゴングは勝手にこっちで鳴らすぞ」

リリィが室内を左に跳んだ。

と、その瞬間、加寿子が目に邪悪な光を浮かべ、マナ球を複数リリィに向けて飛ばした。

「勝手に来られても困ります。私、自分に主導権がないと嫌なタイプですもの」

「その独善が嫌いだね！」

リリィは叫び、マナ球に拳を叩き込んでいく。マナ球の速度は遅いが、リリィは拳を全力で突き出さねばそれと拮抗《きっこう》することができずにいる。

「ちぃい……！　ここまでは前回と展開は同じだが……」

叫びつつ、リリィは不二子に目配せする。不二子もうなずいた。

不二子はリリィとは反対側に跳び、加寿子にマナ球を撃ち込んでいく。

加寿子は立ち上がってこれを避け、微笑んで二人に対峙《たいじ》した。

「二人がかりだから違うとおっしゃいますか？　複数に対応できることこそが八尺瓊勾玉の特性ですよ？」

加寿子は自らの周囲にマナ球をいくつも回転させはじめた。

「そう焦らずとも、違うところは見せてやる」

最初のマナ球をようやく打ち落としたリリィは、加寿子の左方に回り込んだ。

加寿子は、それを面白そうに見ている。お手並み拝見とでも言いたげな余裕の笑みだ。

——加寿子は遺伝子操作を受けた子でありながら双子《ふたご》として生まれた。それが彼女の性向をゆがめている。そして、そここそが弱点になる……。

リリィは一成から得た情報を思い返していた。

——彼女は自分と同じ存在を見ると、そちらにより深く注意を奪われ、他の者が目に入らなくなるほどに我を忘れる……。

不二子も同様に情報を脳内で復唱する。

2V《ツー・ブィ》を殺した際の残酷《ざんこく》さ、異様さには理由があったわけだ。

リリィと不二子は合図を交わすと、二人同時に動いた。リリィは加寿子の後方に向かって動き出し、不二子は前方に回り込む。

「……同時攻撃には対応できると言ったはずです」

加寿子はマナ球を、それぞれがまるで別々の意志を持っているかのように、自在に動かしはじめた。

しかし……。

「記憶の深奥《しんおう》の映像を表に……！」

集中力を高める言葉をつぶやき、不二子は黒魔術を使う。相手に自分の望む映像を見せるという法的には禁じられている術だ。

不二子が加寿子に見せたのは、加寿子自身の映像である。正確には、不二子のすぐ隣《となり》に、不二子と同じ動きをする加寿子の偽物《にせもの》が出現したかのように見せかけたのだ。

「これは……！」

加寿子が目の色を変えた。先程までの笑みが消え、狂気《きょうき》の色が目に宿る。

「はぁあああ！」

そう吠《ほ》えると、加寿子はその手に光の剣を出現させた。破壊力が強すぎるため、この場にふさわしくない術である。その剣は加寿子の偽物の幻《まぼろし》に向けて放たれようとしていた。

「その隙があれば十分だ！」

リリィは右手を抜き手《て》に構えた。いつもは拳を握るリリィである。だが、今は指をまっすぐに揃え、それをマナで硬化《こうか》させている。指先は鋭《するど》く光り輝いていた。

「殴るんじゃねぇ。これは、殺しの技《わざ》だ！」

リリィは叫び、腕を撃ち出した。いつもならまっすぐに伸びる腕だったが、今はねじりが入っている。文字通り、腕そのものがねじれ、その先端のまっすぐにした指先を激しく回転させていた。その先端が身体に突き刺さればただでは済むまい。まさに確実に殺すための技である。それは、喧嘩好きのリリィにはふさわしくない技でもあった。

鋭く回転する切っ先は、加寿子を守るように回転していたマナ球の横をすり抜けた。そして、無防備な彼女の背中に迫る。加寿子は今まさに光の剣を正面の幻に撃ち込もうとしており、彼女の集中力は背中には向けられていない。

「勝てる……！」

不二子は光の剣の圧倒的な圧力を避けるべく後方に跳びながらにやりとした。

「うぉおりゃああ！」

リリィはさらに腕の回転をあげ、並の人間なら挽肉《ひきにく》にしてしまえる一撃にさらに魔力を込める。

と、まさに背中に指先が突き刺さるかと見えた瞬間、加寿子は、ころりと表情を変えた。

「なんてね」

不意に微笑むと、魔力消費の大きい光の剣を消し、身体をひねるようにしてリリィの指先をかわすと、リリィの腕に横合いからマナ球を押しつけ、その腕をはじき飛ばした。

「馬鹿な……！」

「そんな……！」

二人は絶句する。

「ほほ……。狙いは良かったですよ」

加寿子は笑う。

「芝居だったということですの？」

不二子が聞くと、加寿子は首を振った。

「いいえ。私が自分の顔を見ると、冷静さを失ってしまうのは本当ですよ。だから、私はいつも微笑むようにしているんです。鏡を見ても攻撃しないように」

「ならば、なぜ……」

リリィのつぶやきに加寿子が笑う。

「おほほほほ！　それが私にもおかしくって。実際に私の汚《けが》らわしい双子を殺してから、少し冷静になれるようになったんです。何事も経験が大事ですからね。引きこもっていては息が詰まります」

「てめぇ……」

リリィが歯噛《はが》みをする。一方、不二子は逃げだそうとした。

加寿子は可愛らしく咳払《せきばら》いをし、マナ球を飛ばす。リリィは拳で抵抗するが、不二子は正面に回り込んだマナ球にはじき飛ばされ、室内に無理矢理戻されてしまう。

「お仕置きの時間ですよ」

加寿子はソファに戻り、優雅な仕草で座ると、リリィと不二子を攻撃するマナ球の数を増やした。

「ち、畜生《ちくしよう》が……！」

「こ、こんなところで……」

リリィは抵抗するが、以前と同じようにマナ球の圧力に押し切られ、その身体に幾度《いくど》も打撃を食らい、やがて膝《ひざ》を屈《くつ》した。それでも容赦《ようしや》なく打撃は襲いかかり、ほぼ力を失っている手足を何度も弾き上げた。

不二子は、すでに弾き飛ばされた最初の一撃で悶絶《もんぜつ》していた。そこにさらに襲いかかられ、すでに身体を小刻みに痙攣《けいれん》させている。

「今回は邪魔が入りませんし、死ぬまでやらせていただきます」

加寿子はおっとりと、しかし冷酷《れいこく》に宣言した。

結局のところ、自身の圧倒的な力に確信を持っているが故の作戦だったわけだ。加寿子が狙ったのはリリィと不二子のあぶり出しであり、それは見事に成功したのだと言える。

しかし、再度、邪魔は入った。

加寿子は視線を扉の方に向ける。

そこに立っていたのは、ヒロシ……いや、スーツをまとったブレイブだった。

「何をしにいらしたの？」

「やめろ！　二人を放せ！」

ブレイブは叫ぶ。

それを聞いた加寿子は、より一層、その笑みの彫《ほ》りを深くした。

「あら、私に誰が命令できるというの？　それに、あなたのスーツのエネルギーはもう切れかかっているのはわかっていますよ。ここは仮想異空間フィールドで囲んでいますからね。それがわかっていたからこそ、あなたは作戦に参加できなかったのではなくて？」

マナ球による攻撃は激しさを増した。

ブレイブは前に歩み出る。確かにエネルギーは切れていた。生命維持《いじ》は可能だが、戦闘は不可能だ。

「やめて……ください」

ブレイブは頭を下げた。

加寿子の笑みの質が変わる。

「お願いに変わりましたか」

見下すような加寿子の声に、リリィは薄れゆく意識の中、うっすらと目を開けた。

——馬鹿……下がっていろと言ったぞ……。

リリィは、作戦前、ヒロシから相談を受けた時の会話を思い出していた。ヒロシは自分が借り物の力でしか行動できていないことを悩んでいたのだ。

「今回も、仮想異空間フィールドのせいで戦えないんですか？」

「それは仕方ないだろ。そのスーツの弱点だ。スーツの力を借りずに行動できるなら、それでいいとは思うが、キミの実戦経験は、すべてそのスーツでのものだからね」

「それじゃあ、あっし自身は役に立たないってことですか？」

「そうは言っていない。だけど、キミは借り物の力で行動することに慣れちまってるからなぁ。ブレイブとして活動している時のキミの行動も借り物になってしまっているってことさ。キミ自身が、キミらしいまま勇者として行動できなくちゃ意味がないね」

「だけど、あっしは、そんなに立派な人間じゃ……。弱いし、情けないし……」

「立派じゃなくても、弱くても、情けなくても、誰かを守って、間違ったことをしなければ、それは勇者さね。ま、自分でできることを考えるこったね。スーツなしであの彼女を守れるかどうか考えなよ」

――すると、これがヒロシなりの答えか……。

リリィは胸が詰まるような気がした。

ブレイブが加寿子に向かって膝を屈したのだ。

「お願いします。二人を助けてください」

土下座して、額を床にこすりつけるブレイブの姿がそこにあった。

「あらあら……。私の寛大《かんだい》さを期待しているのかしら？　皇帝に手土産もなしにお願いできるなんて、おとぎ話の中のことだけですよ」

加寿子はあざ笑う。

ブレイブは一瞬も頭を上げることなく、続けた。

「もちろん、今後、俺は陛下のために働きます。この場も収めて見せましょう。魔獣が制御を失っています。俺が魔獣を狩《か》り、市民にアピールをいたします」

「その代わりに二人を助けると？　しかし、彼女らの投獄《とうごく》は免《まぬが》れませんよ？」

「それは致《いた》し方《かた》ないと思いますが、寛大な処置を重ねてお願いします」

「あ、そう。それなら、証明してみせてくださいな。まずは、魔獣のお掃除《そうじ》と、私が行うはずだった市民へのアピールを」

加寿子が犬に命じるように、出て行け、と手を振った。

マナ球は動きを止めた。

それを確認して、ブレイブは立ち上がる。

「馬鹿……野郎《やろう》……」

それを腫れ上がった目で見たリリィは、小さくうめいた。

ヒロシの行動も、勇気あるものには違いなかった。

ここで反乱勢力が死ななければ、まだ可能性はある。阿九斗たちが何とかしてくれる可能性はまだ残っている。そして、たとえ完全に皆が敗北してしまった後でも、加寿子に従順なフリをしていれば、これから先、誰かを助けるチャンスはぐっと増えるだろう。

――それがヒロシなりの勇者ってことか。

リリィは、部屋を出て行くブレイブの後ろ姿を確認して、すぐに気を失った。

そして、ブレイブは外に飛び出ると、再充填《さいじゅうてん》されたエネルギーを使って、制御を失い、市民を襲いはじめた魔獣を次々と狩り始めた。

人々は魔王の軍勢から皇帝を守るブレイブに賞賛の声を送りはじめた。

一方、抵抗できないでいる司祭たちは、次々と人造人間と騎士たちに拘束《こうそく》されていく。

魔獣を狩り、喝采《かっさい》を浴びるブレイブのマスクの下がどのような表情をしているかは、市民の誰一人、想像すらしていなかった。

「恐れ多《おお》くも皇帝陛下に牙《きば》をむく輩《やから》は俺が捕《と》らえた！　残党もいずれ退治する。だが、陛下は寛大な心で罪をお許しになるそうだ！　皆も罪を憎めども人を憎まぬ心を忘れずにいてくれ！」

ブレイブは声を張り上げた。

◯

シャトルが地球に帰るのに、一日半が必要だった。元々はけいすだけの往復の予定だったため、食料を積んでおらず、その間、乗り込んでいた人間たち、つまり、けーな、絢子《じゅんこ》、淑恵《よしえ》の三人はわずかな水だけで過ごす羽目になったが、気落ちしていた彼女らは、たとえ食料があったとしても食べなかったに違いない。

「ドックが受け入れを拒否《きょひ》したでござるよ」

ドックとの通信を終えたけいすが言った。

シャトルは地球の周回軌道に入っている。拒否というのは余程のことだった。しかも、出発時には整備をしてくれた人々である。

「結局、手が回ったってことだろうね」

いつも気楽な態度の淑恵も、この時ばかりは声が重苦しい。

「じゃあ、やはり……」

絢子が暗い想像を誘発《ゆうはつ》するようなことを言いかけてやめた。

「地上に降りよう。元々、大気圏突入は可能なシャトルだからね。ただ、滑走路《かっそうろ》が必要なタイプの航空機はもうないから、地上に滑走路がないことが問題だけど……。あ、都心にクレーターがあったね。少々荒れているが、森や海に降りるよりはましだ」

淑恵が指示した。

けいすがうなずく。

「了解です。お館様。全員、椅子《いす》に戻ってベルトを締めてくだされ」

シャトルは地球に降下し、その羽を使って大気中を滑空、半径数百メートルのクレーターに着陸した。

ハッチを開ける前から、シャトルが人造人間と騎士たちに囲まれはじめたのは中から見えていた。

「また暴れなくちゃいけないのか？」

絢子が皮肉めいた笑みを漏らしながら言った。が、その表情がシャトルの正面を見て強ばる。

そこには、ヒロシが浮いていた。

「抵抗はしないでくれ。悪いようにはしない」

ヒロシは言った。

「貴様……！　裏切ったか……！」

絢子は拳を握りしめた。

しかし、ヒロシは何も言わずに背を向けた。

「何とか言え！　こら！」

絢子は怒鳴るが、ヒロシは振り向《む》かなかった。飛びかかろうとする絢子を、後ろから淑恵が引き留めた。

「負けたってことだよ。私たちだって、おとなしくしていれば、殺されはしないかもしれない。見なよ」

淑恵は、絢子に街を見るように促した。

クレーターの端の向こうに見える街には、日常の光景が戻っていた。ただし、要所に人造人間たちが立って人々を管理しているという日常だ。絢子たちを見ている野次馬はいなかった。人造人間が離れるように指示しているからだった。

その光景で、絢子も完全な敗北を悟っていた。

「全部終わってしまったって言うのか！」

絢子は叫んだ。

◯

「あいつのことは悪く言わないでやってくれ」

リリィは珍しく頭を下げていた。

「そうは言いますが、会長……」

絢子は不満顔だ。

シャトルが帰ってきてから数日が経過している。リリィ、不二子の二人と、地球帰還《きかん》組は『コンスタン魔術学院《まじゆつがくいん》』の女子寮《じよしりよう》に監禁《かんきん》されていた。

彼女らの処分自体は検討中だ。全員が法的には未成年である。淑恵以外は学生でもある。抵抗せず静かにしていた学長の嘆願《たんがん》もあり、裁判所より出頭命令があるまで謹慎《きんしん》ということになったのだ。もちろん、一番穏やかな処分になったところで、何があるかは全員が承知していた。

「私たちも、洗脳されるわけでしょう？　あいつが先に洗脳されてしまったから、許せ、というんですか？」

絢子は会長にくってかかる。

「そうじゃないさ。洗脳だってされちゃいない」

リリィは否定した。

全員、食堂でだらりとしている。それ以外にすることがない。口論も同じ展開を同じようにしているだけだ。

「ヒーローはつらいよ、というところだ。ああいう正義の背負い方だってあるんだよ」

リリィが首を振った。その先にあるマナスクリーンでは、放送が行われており、ブレイブの活躍《かつやく》を報じていた。ブレイブは散発的な抵抗を繰り返す司祭たちを無傷で捕らえ、解放されて暴れはじめた魔獣たちを一撃で葬り去っていた。

「……話を聞いてみれば、認めるしかない部分もありますわ。阿九斗様ほどじゃないにしろ、彼も確かに皆のためにああしているんですから。悔しいけれど、わたくしも彼がいなければ殺されていたわけですし」

不二子もある程度はヒロシを擁護《ようご》している。

「わかってはいるんですが……。しかし、誰も本当は何が起こっているかを知らず、ただ狂った王に統治されて、それでよし、と……。それを許すことは、とても……」

絢子は、相変わらずスクリーンに映し出されている放送を見て、気力なく椅子の背に倒れ込んだ。

近日中に加寿子が秩序《ちつじょ》の回復と、自らの治世を宣言するセレモニーが行われるのだとアナウンサーが興奮気味に話していた。

「誰もがおかしいと思い、でも、何もできなくて時間だけ流れていく。真相があるはずだと思っていても、その探究心は本当のことを知っていると触れ回る嘘つきに利用され、矛《む》盾《じゅん》した情報を二つ同時に信じているなんてことが起こる。誰に聞いてもこういうはずだよ。〝皇帝の独裁は何かまずいと思うけれど、案外うまくいけば問題ないんでしょ？〟なんて。実際にはゼロの治める世界と何の変わりもないのに」

淑恵がぼやいた。

「そりゃ、困ったときには人造人間頼《だの》みだからな。実際には皇帝がゼロを操れると言っても、結局はゼロと神々の意向が染《し》み渡ることになるだろう。あの一ヶ月間のように、人は何かに飼われているだけの生活になる。封印できるけいすは取り上げられてしまったし。どうにもやりようがないよなぁ」

リリィも天井を仰《あお》ぐ。

「ヒロシ君には期待できないの？」

淑恵は聞くが、リリィは微妙《びみょう》な顔になった。

「チャンスを狙ってはいるだろうさ。だが、市民のためって彼の立ち位置を考えれば、むしろそちらのせいでがんじがらめになっているってこった。まったく、正義と秩序という役割も窮屈《きゅうくつ》なものだよ。人々の人気と評価という不定形の怪物《かいぶつ》みたいなものに従わざるを得ない。実体がどれだけ腐《くさ》っていても、人気がある限りは、そこに頭を下げることになる。そうしなければ、市民を守ることもできない」

それを聞いた淑恵が苦笑いを浮かべる。

「じゃあ、洗脳されるか、そうでなかったとしても、私たちは早すぎる余生をおとなしく過ごさないといけないのか。まぁ、引きこもって暮らしても私は問題ないけどねぇ」

「議会も次の選挙の頃には、貴族院でもできることになるんじゃないか？　今までだって教会同士の勢力争いの場でしかなかったから、民主主義には遠かった気もするが」

「市民から見れば、どれも雲の上の権力争いにすぎませんわよ。だからこそ、早く魔術を解放しなければいけなかったんですわよ」

リリィも不二子も皮肉めいた笑みしか出なくなっている。

「違いない。ボクたちだって全員、立場も考え方も違う。そのボクらが全員、こうしてグダグダ言っているのは、本当に冗談みたいだ」

「でも、いずれ黙り込むしかなくなる」

淑恵がそう言ったことで、全員が言葉を発しなくなった。

沈黙《ちんもく》が流れる。

と、それを破ったのは、それまで黙っていたけーなだった。

「違う！　駄目だよ、そんなの！　もう黙っているだけしかできないなんて、そんなことはないよ！」

けーなはテーブルを叩いて立ち上がる。

「かといって、どうすればいいんだ？」

「努力はもうしましたわよ」

「ヒロシに任せて待っているしかないさ」

「私にはブレイブの能力はわからないけれど、待っているしかないのは確かだ」

全員、けーなをたしなめるように言う。

けーなは首を激しく横に振った。

「違う！　待ってるだけじゃ誰も動いてくれないよ！　がんばってる人には、すごい人には話しかけてあげないといけないんだよ！　それをしないと何も起こらないよ！　見ているよ、って言ってあげないと駄目なんだよ！」

そう言うや、けーなは服を脱ぎはじめた。

「おい、何を……」

絢子は手を伸ばすが、けーなはその手の間をすり抜けた。

「黙っていられないよ！」

けーなはそう叫ぶと、あっという間に全裸《ぜんら》になり、ひょい、と姿を消した。

「待て、いなくなったらまずいだろ」

「そりゃあ、キミは自由に行動できるだろうけど……」

「残されたわたくしたちは、また責められる罪が増えて……って、もう、どうなろうと関係ありませんわねぇ……。好きにさせてあげればいいんじゃなくって？」

不二子たちは、消えたけーなに呼びかけるが、反応が無かったので、やがてやめてしまった。

しばらくして、天井近くの窓が開いた。

「あ、出て行っちゃった」

「すぐに腹が減って戻ってくるさ。大体、今までだって泣きながら飯を何杯《なんばい》も食ってたんだから」

「空が高いな……。あの空の向こう、月のあいつは……まだ殴り合ってるんだろうねぇ」

淑恵がぼんやりと言った。

○

しかし、数日が経過しても、けーなは帰ってこなかった。捜索隊《そうさくたい》も作られたようだが、何の進展もなかったようだ。

結局、絢子たちの監禁状態は続いたが、やがて加寿子の治安回復の宣言が出される朝がきて、彼女たちは連れ出されることになった。一定の範囲より外に出ると電流が流れるという拘束腕輪《こうそくうでわ》をつけられ、加寿子のセレモニーに出席するように強要されたのである。

「まさに囚人《しゅうじん》の気分だな……」

「じゃなくて囚人ですわよ」

「セレモニーでさらし者にするつもりか？」

「私たちが改心して加寿子に協力すると市民たちに宣言でもするんだろうさ。そうでなければ公開処刑《しょけい》しかないからね。さすがにこの場で処刑はしないだろうし。可愛い女の子ばかりだからねぇ」

皮肉っぽく淑恵は言った。

人造人間たちは都心へ彼女らを連れて行った。

都心のクレーターは平地に埋め立てられ、まだ土が盛られただけの状態ながら、臨時の集会場としては機能する程度には整備されていた。列席者が座れるように椅子が置かれ、周囲には簡素ながら飾《かざ》り付けもなされている。

つまり、復興のシンボルとしてその場所が選ばれたわけだ。

今や、加寿子に逆らえる者はおらず、すべてが彼女の思惑《おもわく》通りに進んでいた。

昼前には、列席の司祭たちは全員が所定の位置におとなしく座っていた。抵抗運動に参加しなかった半数ほどの者たちだ。彼らは、抵抗運動をあざ笑う者と、参加せずに日和見《ひよりみ》をしていたことを恥じる者とに分かれていたため、会話は当たり障《さわ》りのないものに終始していた。だが、その頃には、加寿子が独裁的に人造人間を扱《あつか》えることは知《し》れ渡っており、司祭たちはどちらの立場であろうとも、根本的には無力感を抱え込んでいた。

巨大で論理的な、しかし効率的なだけで個々の意志を無視するシステムが人間すべてを管理し、それを力を持った個人が行使するという不可思議な事態に、誰も答えを出せずにいたのだ。

可能なのは、市民たちに人気がある限り、皇帝の好きにやらせ、せめて皇帝に皆が意見できる体制を作り上げる程度のことだ。それが正義というものとは少し違うとしても、それこそが人々のために最良のことだと、司祭たちは信じるほかなかった。

皇帝という物語による原初的な統治システムと、それから脱却《だっきゃく》するための機械的な論理という統治システムのどちらも破綻《はたん》したのだ。これから先に絶望的な社会が訪れるとしても、祈《いの》ることしかできないのだ。

やがて、市民たちが周囲に集まってきた。皇帝の姿は年始や誕生日にしか見られない。今回の宣言は珍しく、そして楽しめるイベントでもあった。

人々にとってみれば、人造人間の反乱と、再び起こった魔王戦争の恐怖が集結したお祝いでもある。街には露店《ろてん》が並び、祝賀ムードが漂《ただよ》っていた。

絢子らは列席者の一番前に座らされた。そして、彼女らには、一言も発するな、と人造人間を通じて命令が出されていた。やはり、魔王にそそのかされていたが、改心した少女たちという役回りをさせられるのだ。

ぼやくこともできず、四人が座っていると、セレモニー開始の正午がやってきた。

加寿子が姿を現したとき、興奮は頂点に達した。集まった人々は声をあげ、帝国の旗を振った。

マナ光による装飾《そうしょく》のライトが加寿子を照らし、数々のマナスクリーンが通りを埋め尽くした観衆の隅々《すみずみ》にまで彼女の姿を映し出す。

「私たちの国は、昨日まで悲惨《ひさん》な状態にありました。人造人間を操る初代魔王、ゼロ。事故により目覚めた彼が反乱を起こしたためです……」

加寿子は話し始めた。

観衆は彼女の言葉に聞き入った。通りのあらゆるところまで人間で埋め尽くされているにもかかわらず、街はざわめきすら見せず静まりかえっていた。

「さらには、虎視《こし》眈々《たんたん》と世界破壊の機会を狙っていた魔王が、ゼロの登場をよしとせず、彼らは争いをはじめました。彼らは、こともあろうに宮殿を吹き飛ばすほどの爆発を起こし、人々の生命を脅《おびや》かしました」

蕩々《とうとう》と加寿子は自分に都合の良い歴史をねつ造しはじめた。それが嘘だと知っている者も明確な証拠は出せず、声をあげることはできなかった。そして、市民たちは、その壮絶《そうぜつ》な歴史に恐怖を感じていた。

「しかし、我々は……そう、我々は、勝利しました。我々というのは、頼もしい協力者があったからです。その名もブレイブ！」

加寿子は手を上方へ向けた。そこに、ブレイブが浮いていた。

ブレイブは熱狂的《ねっきょうてき》に市民たちに迎えられた。

「彼によって魔王たちは、月に追放されました。そう、あの頭上の月に、です。そう我々が魔王に脅かされることはありません。そして、人造人間たちも自由を取り戻しました」

加寿子の言葉で、壇上《だんじょう》の彼女の左右に並んだ人造人間たちも手を振る。

「もう人造人間たちの反乱も起こりません。しかし、そのためには、皇帝による直接の指揮が必要になるのです」

加寿子は、そう言って、自らの手を上げ、そこに、八尺瓊勾玉と天叢雲剣《あめのむらくものつるぎ》を出現させた。

あのマナ球と、光の剣である。

「この力こそ、皇帝家に伝わる術、八尺瓊勾玉と天叢雲剣です。これらの術は、皇帝の正当なる血統の者しか使えず、その使用のためには、体内にある神器の継承《けいしょう》が必要なのです。そして、最後の術こそ、八咫鏡《やたのかがみ》」

加寿子は手を合わせてマナの鏡を出現させる。

「これこそ、人造人間たちの中核たる神と語らう術。これがある限り、人造人間は反乱を起こすことはありません。そして、神との語らいは、もう司祭にのみ任せておくことはないのです。太古の、美しき伝統のように、私が直接に神と語らうことで社会のために尽くさせていただきます」

その声に歓声《かんせい》が上がった。

それが独裁宣言に等しいものだとしても、抗議の声が上がらなかった以上、それを人々が了承《りようしよう》したという既成事実が完成したということだった。

絢子たちは、それを拷問のような気持ちで聞いていた。リリィなどは唇を噛みすぎて血を流していたほどだ。

祭りのムードの中、彼女たちだけが絶望していた。

「古来、神とは自然のことでした。そして、国家とは家族のことでした。今は、ずいぶんと複雑になり、様変わりをしました。神は我らの生活を管理するものとなり、人工は増えました。が、それでも変わらないものはあります。神々と語らうこと、そして、なにより、人々を家族と思うこと。私はこの国の家長たる血族として、その責務を全うしていきたいと思っています」

加寿子は蕩々と語る。

絢子たちの心に絶望だけが重く垂れ込める。希望があるとしても、それは彼女らが自身でつかみ取ったものではない。奇跡を待つだけの状態だ。

もう終わりなのか。

希望はないのか。

奇跡は起こらないのか。

「では問うが、家長が間違った時、家族は家長をいかにすべきか」

問いがあった。

その声は、スクリーンで各所に放送されていた加寿子の声を打ち消して響いた。

「な……」

「まさか……」

市民たちは、その声に聞き覚えがあった。

そう、自分たちを大爆発で恐怖させた、あの男の声だ。

「まさか……」

同じつぶやきを口にしたのは、絢子たちもだった。

しかし、その意味は違う。

その声が聞こえてくることは、奇跡を意味した。

「まさか……」

「誰か、録音した声を……」

「なりすましですの？」

小声で彼女らは語り合う。

と、それに答えるかのように、マナスクリーンすべてが、その彼の映像を映し出した。

見よ。

空に男が居る。

奇跡の実在を証明するかのように、男が空から人々を見下ろしている。

「教えてやろう。子は家長を選べない。だから、家長が間違った時には、彼に隠遁《いんとん》していただく」

そう阿九斗は告げた。

都心に集まった人々は騒然《そうぜん》となった。逃げ場《ば》を求めて人々が恐慌《きようこう》状態に陥《おちい》る。

その混乱を治めようと、加寿子は阿九斗よりも大きく声を張った。

「家長は間違えても、皇帝は間違いを起こしません！　皆様《みなさま》、ご安心を！　あのような悪《あく》魔《ま》に負けるブレイブではありません！」

加寿子は壇上からブレイブに呼びかけた。そして、彼にだけわかるように絢子たちを指し示した。絢子たちには、電流が流れる拘束具が付けられている。そのことはブレイブにも告げてあった。

ブレイブはうなずく。

そして、上空へと舞い上がっていた。

今、ブレイブは、いや、ヒロシには悩みや迷いは無かった。全力で阿九斗を倒しにかかって良いのだ。そして、その全力を、彼ならば必ずや打ち砕いてくれると確信していた。

「ここまでの奇跡を起こしてくれたんだ、あっしなんか簡単に倒してくれるんでしょ？」

ヒロシは、仮面の下でにやりとしながら、二人だけにしか聞こえぬ声で、そう呼びかけた。そして、阿九斗に向けて突進を開始した。

が、阿九斗は首を横に振る。

「残念。奇跡を起こしたのは僕じゃない。だから、君は奇跡を起こした人と戦ってくれ」

阿九斗ははぐらかすように言った。

「へ？」

ヒロシは戸惑い、続いて驚きの声をあげる。突進していたその先に、いきなり裸体《らたい》の少女が現れたのだ。

「うわっ！」

ヒロシは急停止。が、勢い余ってその少女にぶつかる。

「痛いっ！」

けーなは声を上げた。

「人質と遊んでいろ！」

阿九斗は、皆に聞こえるようにそう大声で叫び、ヒロシとけーなの脇をすり抜けて降下。すれ違いざまにマントを脱いでけーなの身体にかける。

「……なるほど」

ヒロシは納得し、阿九斗を追うかどうか迷うような演技をしてから、けーなを安全な場所に降ろすべく飛んでいく。加寿子も文句を言えず、さらにブレイブの評判を落とさぬための芝居だった。

阿九斗はそれを見届けてから、加寿子に向けて降下していく。

「あなた……これが見えないの？」

念話で加寿子が阿九斗に呼びかける。加寿子は絢子たちを指さしていた。

「拘束具か。悪趣味《あくしゅみ》だな。だが、そいつは作動しない」

阿九斗は余裕を持ってそう答えた。

「何を馬鹿なことを……」

そう言って、加寿子は手を振った。が、確かにそれは作動しなかった。

「……何故！」

「僕がマナを制御しているからさ」

阿九斗はこともなげに言った。

「そういうことなら、私も同じことのはず……。私には、ゼロが……」

そう言いかけて、加寿子は狼狽した。

「……馬鹿な！　ゼロ！　何故……何故答えない……！」

「彼は奇跡を見たんだ。そして、自分の間違いを悟ったのさ」

「何を馬鹿なことを……！」

加寿子は上空の阿九斗を見上げ、光の剣を手の中に出現させる。その輝きは以前と同じ派手なものだったが、今はそれも空《むな》しい輝きと見えた。

「抵抗は無駄だ」

阿九斗は警告し、加寿子へ向かって一気に加速した。

「あり得ない！　あり得ない！　何もできるはずがない！　お前に！　ただの兵器なんかに！　ただの忌《い》まわしい戦闘機械に！」

加寿子は、優しげな笑顔をかなぐり捨て、野獣《やじゅう》のような表情で吼えた。

「あり得ない！　何が奇跡だ！　死ね！　魔王が！」

阿九斗も吼える。

「自らの行いを悔《く》いろ！　皇帝！」

恐怖を周囲にまき散らす雷《かみなり》となった阿九斗が、一直線に加寿子に向かっていく。

加寿子は光の剣を真上に向かって放つ。

凄まじい閃光《せんこう》が巻き起こったが、それは光の剣によるものではなかった。阿九斗は完全にマナを掌握《しょうあく》していた。加寿子の剣を消し去り、ただ人々に残酷なものを見せぬように光を放っただけなのだ。

轟音と閃光が巻き起こり、波のように周囲に広がったが、被害《ひがい》は中心部に限られていた。一瞬で決着はついたのだ。

阿九斗が人々の注目の集まる壇上に仁王《におう》立ちしており、その前にふらつく加寿子。その足下には、極小のクレーターができている。真上から衝撃を叩き込まれたのだ。

しかし、加寿子はまだ生きていた。朦朧《もうろう》とし、額から血を流しながらも、阿九斗に顔を向け、一撃を加えようと手をあげている。

すべてをかなぐり捨ててみれば破壊衝動《はかいしょうどう》しか残っていなかったかのような加寿子に、阿九斗は呼びかけた。

「隠遁すれば死なずにいられるぞ」

その言葉に、加寿子は、にたり、と笑った。

「……皇帝は、誰の命令も聞かないのです」

「はん。そんな生き方が立派とは思わないな」

阿九斗は冷たく告げた。

と、壇上に駆け上がってくる者があった。

「魔王……！」

それはリリィだった。彼女はその腕を伸ばした得意の一撃を阿九斗に向けて放った。

阿九斗はそれを胸で正面から受け止める。ダメージらしいダメージはないが、ひるんだ振りをして後方へ飛ぶ。

リリィが何をするつもりかを阿九斗はよく理解していた。ここで阿九斗が魔王としての芝居を打たないと、市民たちが混乱するばかりになるだろう。

「大した一撃ではないな」

阿九斗は言った。

リリィは阿九斗を見上げ、答える。

「ふざけるな。皇帝に何をした！」

「皇帝とゼロは魔王とその力を支配しようとしたため、粛正《しゅくせい》させてもらった。忘れるな、魔王のこの力、誰のものにもならないと」

阿九斗は皆に聞こえるように告げる。

リリィはそれを聞くと、立ち尽くしたままの加寿子の正面に回る。

「皇帝が魔王の力を自由にしようとしたというのは本当か？　それは我々反乱した司祭が、あなたを糾弾《きゅうだん》しようとした理由と同一だ。あなたがゼロの力で皇帝の独裁を行おうとしていると」

リリィは言った。

観衆に今回の事件の真相を知らせようとしているのだ。

加寿子は、肯定も否定もせず、ただ嫌らしい声で笑いつつ、こう言った。

「皇帝の血筋が絶えれば、三種の神器を使う者はいなくなります。その神器がゼロの力を自由に扱える能力を持っているかどうか、誰にも証明できなくなるではありませんか」

確かに加寿子は、演説において「神と語らう力」とだけ言ったのだ。そして八咫鏡の能力は一般にはそうとしか知られていない。加寿子の嘘を誰も証明できなくなるのだ。ただし、加寿子が死ねば、の話である。

「待て……」

リリィは加寿子の意図に気づいて手を伸ばした。阿九斗は加寿子の命までは取らなかったが、加寿子はすべての企みが無に帰した今、自らの命を絶つことで皇帝と魔王という物語だけは守ろうとしているのだ。

「医者を！　ブレイブ！　皇帝を病院へ連れて行け！」

リリィは呼ばわり、加寿子の首筋に手を伸ばした。

しかし、加寿子は立ったまま死んでいた。

「ちぃ……！」

リリィは唇を噛む。

会場は騒然とした。市民たちは不安にざわめき、司祭たちは内心で快哉《かいさい》を叫んでいた。

これで、また元の世界が戻ってくるのだ。

神々というシステムの下、人間が管理する、完璧ではないが、今はそれ以外に完成型を見いだせない世界が。

しかし、その世界が戻ってくることに力を尽くした者は、そのシステムでは異端《いたん》とされる存在だった。

下で起こったことを見届けた阿九斗は、自分だけは元の世界で元のようにはやっていけないことを悟っていた。神々は破壊されなくてはならないが、まだその時は来ていない。人々が現状ではベストと信じるシステムに頼《たよ》って生きている限りは。そして、そのシステムが稼働《かどう》している限り、自分は魔王でありつづけるのだ。

そして、阿九斗は、最後の芝居を打つ。

「今日の恐怖を忘れるな！　見ているぞ、どこにいようと！　誰も自由には」

そう叫び、その反響《はんきょう》の消えぬうち、阿九斗は上空へと昇り、その姿を消した。

○

阿九斗の起こした帝国史上まれに見る衝撃が消えぬうち、さらに巨大な騒動《そうどう》が起こったのは、そのときのことだった。

立ったままの皇帝を取り巻く人々の群れを割って、けーなを抱えたままのヒロシが上空から降りてきた。皇帝の死を確認できるのは、宮殿の医師のみだ。そこに遺体を運ばねばならなかった。

阿九斗のマントをまとったけーなを下に降ろし、ヒロシは皇帝に近づく。

と、立ったまま目を閉じ、口から血を流していた皇帝の身体が、ぶるり、と震えた。一瞬、一同は生き返ったのか、と目を見張るが、それは違っていた。皇帝の身体から、硬質《こうしつ》のマナの塊が、ずるり、と抜け出てきたのである。口から小さな一振りの剣、胸から小さな丸い鏡、そして右腕から青い勾玉。それこそが皇帝の血族に継承される三種の神器であることはすぐにわかった。

それらは自らの意志を持つように宙を飛んで、ヒロシの方へ向かっていった。

「へ？　え？」

ヒロシは慌てるが、そのヒロシの横をすり抜けて、三種の神器は飛んでいく。

そして、その三つともが、するりと阿九斗のマントをすり抜けてけーなの身体に入り込んだのだ。

「え？　え？　え？」

驚きの声をあげたのは、当のけーなである。

「な、なんだ、一体！　ちょっと見せろ！」

リリィは驚き、手をけーなに向かって伸ばしてマントをはぎ取ろうとする。

「きゃ、ちょっと、やだ！　下は何にも着ていないんだから！」

「うるさい！　一大事だぞ！　何をしたんだ、お前……！」

リリィは無理矢理マントをはぎ取ろうとする。

「いやぁあああ！」

けーなが叫んだ瞬間、リリィの身体が後方に吹き飛んだ。

「ぐっ！」

リリィは転がってうめく。そして、首を振って半身を起こし、自分を吹き飛ばしたそれの正体に気づいて愕然とした。

「それは……！」

けーなの身体の周囲に舞っていたのは、加寿子が使っていたあのマナ球だった。

「そんな……。じゃあ……」

リリィは絶句し、周囲の人々も黙り込んだ。

「え？　ホントに？」

けーなは、自分でも半信半疑、という風で右手を前に差し出して見た。そこに轟音とともに光の剣が出現する。

三種の神器を使えるのは、皇帝の血を引く者のみ。それは誰もが知る常識だったし、加寿子もそう宣言していた。ということは……。

「こ、皇帝陛下ぁ……！」

誰かが声をあげた。

加寿子を助けるべく駆け寄ってきていた騎士や、侍従《じじゅう》たちが一斉に膝を屈した。

「え……ど、どうすれば……」

けーなは戸惑う。

立ち上がったリリィが戻ってきて、けーなに耳打ちする。

「今回の事態を収拾できるのはお前だけだ。紗伊阿九斗のためでもある」

そう言われたけーなは、戸惑っている場合ではない、と首を振り、顔を引き締めた。

「皆さん、どうやら、私は皇帝の血筋だったようです……」

けーなは、そう切り出した。観衆のためのマナスクリーンにけーなの顔が映し出される。

と、けーなの目の色が変わった。声の調子も別人のように凛《りん》としたものに変わる。

「私は、三種の神器を引き継ぎました。そして、その今ならばわかります。先代の皇帝は、この鏡の力を使い、ゼロを復活させ、その力を自分のものにしようとしました。その結果が、あの戦いです。ですから、私はここに先代皇帝の言の撤回を宣言します！」

○

「一体何があった？」

「どうなってるんですの？　阿九斗様はどこへ？」

「宮殿と各教会の建て直しだ。皇帝ならとっとと承認してもらわないと」

「いやぁ、面白くなってきたんじゃない？　自らも知らなかった皇帝の出自？　しかも孤《こ》児《じ》だったたって？　燃えるねぇ」

「そんなにいっぺんに言われてもわからないよ！」

けーなはわめいた。

絢子、不二子、リリィ、淑恵と各自好き勝手なことを言っている。あの宣言の後、着替《きが》えがあるからと侍従たちを説得し、近くのビルの一室を借りて潜り込んだのだ。

「まず、順番を追って話してもらおう」

絢子が言うと、けーなはうなずいた。

「最初にちょっと言ったけど、飛んでいったんだよ」

「飛んだ？　ああ、女子寮から消えて逃げたな。それからどうしたんだ？」

「だから、飛んだんだよ」

「知ってるよ。飛んで逃げたんだろ。どうやって阿九斗と合流したんだ？」

「違うよ。迎えに行ったんだよ」

けーなが言うと、一同は絶句する。

「え？」

「月へ」

「迎えに行った？　月へ？」

「うん。飛んだら……。行かなくちゃって思ったら……。飛べた」

「宇宙を？」

「うん」

「裸で？」

「うん。誰も見ていないから消える必要はなかったよ」

「そういうことじゃねぇだろ！」

「いや……だけど……飛べたんだもん」

けーなは言ったが、どうにも信じられなかった。だが、だからと言って結果は変わらない。阿九斗は帰ってきたのだ。

「いや、帰ってきた阿九斗が幻って線もあるぞ。あいつは、どこへ行った？」

リリィが聞く。と、けーなは暗い顔になった。

「うん。皇帝陛下を倒すことになるから……もう人前に出られないだろうって言ってた」

絢子も暗い顔になる。

「じゃあ、あいつは……」

「そういう覚悟はしてたんだよ。終わったら月にでも行くかって言ってた」

「それは……。困る」

「うん。もちろん。だから、あたしが皇帝になってちょうど良かったよ」

「ちょうど良かった？」

「あーちゃんを学校に呼び戻そうね！」

けーなはひどく簡単に言ったが、誰もその提案を否定できなかった。

「大丈夫なのか、そんなことをしても……」

「いいえ。帰ってもらわなくてはなりませんわ」

「先代の皇帝に比べりゃわがままでもねぇか。ともかく、これから少しごたごたするぞ。犠牲が多すぎた」

リリィがそう言って扉を開けた。

○

月。

その都市で、ゼロは穏やかに眠っていた。

自らの意志で休眠《きゅうみん》を選んだのである。

眠る前に月の荒野《こうや》を眺めていた。何もない岩だらけの荒野が美しいと感じられたのは初めてだった。

何日か続いた阿九斗との戦闘、その殴った回数を数えるのにも飽《あ》きた頃、彼女がやってきたのだ。

月の荒野に光が降り、真っ赤な髪と、白い肌《はだ》がそれに続いた。

「人間としての真理がある」

魔王はそう言っていた。

いや、人間としての阿九斗はそう言っていた。

宇宙を生身の人間が飛んできた。いや、それが可能だったということは、人間ではなかったのかもしれないが、そんなことは関係がなかった。ただ、そこに降りてきたのは、生物としての真理を超えた真理だった。ただ偉大《いだい》な何ものかがそこに降りてきたということなのだ。

「あれが君の言っていた奇跡か」

「奇跡だ。あれが奇跡でなければ何だって言うんだ」

「あれが君の言っていた物語か」

「そうだ。物語を打ち消す、大きくて、愚かな物語だ」

阿九斗とそう会話を交わし、どちらからともなく殴るのをやめた。その馬鹿馬鹿しいほどの現実の前に、もはや殴り合いは無意味だった。

ゼロと阿九斗は手を握り合った。それで空気のない空間でも、殴り合うことなくゆっくりと言葉を交わすことができるようになった。

「つまり、あれが、愛か」

「ああ。大きな、偉大な何かがあるんだ。それが、人間を慈《いつく》しんでいる。そういう物語だ。それは愚かだけれど、それを信じなくては、いくつもの小さな、間違った物語が人を傷つけていく」

「私ですら、そのような存在に慈しまれているというのか？」

「そうさ。こぼれてしまった米粒《こめつぶ》のように、慈しみの手の中から漏れてしまう者もいるだろうが、生まれ出た瞬間には慈しまれていたに違いない」

阿九斗は言った。

と、ゼロはうなずいた。

「帰りたまえ。あれは君を迎えに来たのだろう。それに応えなくてはいけない」

「君は？」

「私は、眠る。人類の管理の仕事は君たちに任せる」

「管理は君の仕事だろうに。もうそれにはこだわらなくなったか？」

「私の管理のすべてが無意味とは言わないが、私が間違っていたことはわかった。つまり、私が人類を管理することは間違いを助長する。論理的な判断をしたのみだ」

「それなら、眠ることはない。起きていてもいいだろうに」

「皇帝に使われたくはないのだ。あれにも間違いが多い」

「間違いが多いのは僕だって同じだ」

「つまり、人間には付き合いきれないと言っているのだ」

ゼロのその言葉が冗談だと阿九斗にはわかった。阿九斗は笑う。

「わかった。さよなら」

「ああ。私と君は似ている。居場所が無くなったら来るといい」

さらに握手の手を強く握った。

そして、ゼロはタワーに戻るべく歩き始めた。

が、やや行くと振り返った。

何かを言ったようだが、阿九斗には聞こえなかった。

だが、何を言ったか、阿九斗にはよくわかった。

「我が友よ」

そうゼロは言ったのだ。

6　かえってきた二人

『コンスタン魔術学院《まじゅつがくいん》』の前に、豪奢《ごうしゃ》な黒塗《くろぬ》りのリムジンが止まった。リムジンの飛行車は、当然ながら要人を乗せるものであり、学校にはそぐわないことは間違いない。

そのリムジンの扉が開いて、降りてきたのは黒服の侍従だった。慌てた様子で受付に駆け込むや、傍《はた》から聞いていたら間抜けとしか言いようのないことを質問する。

「皇帝陛下は来ておられませんか？　服を脱いで車から飛び降りたのです！」

侍従の手には、確かにドレスが握られていた。

受付の方は慣れたもので、授業の出席簿《しゅっせきぼ》を検索《けんさく》すると、「出席はしておられませんねえ」

と首をひねった。

「中に入って捜すわけにはいきませんか？」

「規則ですので」

もう何度目かになったやりとりを侍従と受付は交わした。

「監視の人造人間、まだ来ませんか？」

「近日に届くとか。それが届けば安心ですね」

「そうだといいんですが……。新しい皇帝陛下は自由すぎて……。何せ、消えるんですからねぇ……しかも、全裸で……。いや、お消えになるんですよ、一糸まとわぬお姿で」

侍従が言うと、受付はくすくすと笑いはじめた。

「我が校始まっていらいの問題児ですもの……いえ、皇帝陛下に不敬でしたかしら？　それに、最大の問題児は別におりましたしねぇ……」

〇

その二番目の問題児は屋上にいた。

「ありがとー」

と、制服と生徒手帳など一式を受け取り、それを着込んでから姿を現す。

「ふー。宮殿もまだないのに、窮屈な暮らしをさせるんだもん」

けーなはぼやく。

それ以上に、呼び出された絢子《じゅんこ》はぼやく。

「いきなり制服を持ってこいと授業時間に呼び出されるほうが窮屈に感じるんだがな」

「大丈夫だよ、単位はもらえるから。皇帝権限で！」

けーなは胸を張った。

「そういう問題じゃないっ！」

絢子は手を振って否定する。

けーなの皇帝生活もしばらくになる。『コンスタン魔術学院』は復活、その他の制度も元に戻りつつある。破壊された地も復興が始まっていた。

当初は新しい皇帝の生活に興味津々《きょうみしんしん》だったマスコミだが、あまりのけーなの自由ぶりとだらしなさに驚き、最近では報道が自主規制までしている始末だった。

「で、何をしに来たんだ、今日は」

腰に手を当てて言う絢子に、けーなは口をとがらせた。

「えー、まだ生徒だよ、あたし」

「それはそうだが、最近は来ていなかったじゃないか」

「うん。三種の神器を使えるかどうかのテストをしてたんだ」

けーなはそう言ってうなずき、「それでね」と絢子に笑いかける。

「それでなんなんだ、気持ち悪い。それに、三種の神器のテストなんて、どう考えても国家機密だろうに。気楽に話していいものじゃ……」

絢子は言うが、けーなは、にやにやするのをやめない。絢子を遮って大きな声をあげた。

「あのね、あたし、あーちゃんの力を制御できるんだよ！」

「は？　なんだって？」

「あーちゃんを、魔王じゃなくできるの！　あたしが言ったら、力を無くしちゃうんだ！」

「お、おい、それは本当なのか？」

「ホントだよ！　だから、学校に戻ってきてもらうんだ！」

けーなは両手をあげて、どこにいるのかわからない阿九斗《あくと》に呼びかけるように言った。

「よくやった、けーな！」

絢子はけーなに抱きついた。

○

その夜、けーなの号令で皆が女子寮の屋根の上に集められた。

「それで、阿九斗様は、どこで何をしてらしたっておっしゃってたの？」

不二子《ふじこ》が興味津々の態度で聞いた。

「なんか、森でずっと本を読んでたって。世界のいろんなことをのぞき見できるから、退屈はしなかったんじゃないかなぁ」

けーなは言った。

「あいつらしいな。ところで、生徒会長は？」

絢子が聞いた。

「来ないって。なんか、先代の皇帝さんを倒すのは自分だって思ってたらしくて。あーちゃんのことが気に入らないって言ってた」

「張り合っても無駄だろうに……」

絢子は苦笑いをする。

「生徒じゃない私まで来てるのにねぇ」

淑恵《よしえ》が肩をすくめた。

と、けーなが夜空を指さした。

「来た！」

全員が空を見上げ、両手を広げた。

そこに、阿九斗がゆっくりと降りてきた。

けーなが預かっていたマントを持ち出して、降り立った阿九斗にかぶせ、ついでに抱きついた。

「おい、挨拶もしてないのに！」

絢子が文句を言うが、けーなは聞いていない。抱きついて顔を阿九斗の胸にうずめた。

「ああっ！　ずるいですわ！　わたくしも！」

不二子が阿九斗に飛びかかる。阿九斗は押し倒されて、屋根からずり落ちそうになっていた。

「あ、挨拶するから、離れてよ、まずは」

阿九斗は言った。そして、騒ぐ二人を引きはがし、立ち上がって照れくさそうに頭をかいた。

「ただいま。帰ってきたよ」

「おかえり！」

全員が言った。またも、けーなと不二子は阿九斗に飛びかかった。淑恵はにやにやとしてそれを眺めつつ、ぎゃあぎゃあやっているけーなと不二子から目が離せずにいる絢子を肘《ひじ》でつつく。

「ね、参加したいんじゃないの？　素直にならないと」

「ば、馬鹿っ……そんなことあるものか！」

絢子は赤くなって顔を逸らす。

「はいはい」

淑恵は笑いながら絢子の頭を撫でた。

「ええい、こら！　なんだ、その態度は！」

絢子は騒いだが、そんな絢子に構わず、淑恵は「あ、そうだ」とつぶやき、皆の注目を集めるべく手を叩く。

「はいはい、注目。プレゼントがあるんだよ」

淑恵は全員の注目が集まるのを待ってから、ころねのポシェットを取り出した。

それまではしゃいでいた一同だったが、それを見て重苦しい空気が流れる。

「あ……」

「そうだ、ころねちゃんは……」

「ちょっと、あなた、無神経じゃなくって？」

不二子が淑恵に歩み寄る。

「大体、プレゼントだなんて言ってそんなものを出して、それは形見と言うんじゃ……」

その言葉が途中で止まった。

ポシェットから、ぬぅ、と右手が出てきて、それに続いてずるずると身体まで出てきたからだ。

「え……」

不二子は絶句した。

「ころね！」

阿九斗が声をあげた。

「ころねちゃん！」

けーなと絢子も声を揃えた。

ポシェットから最後に足を抜き出し、阿九斗の前に立ったのは、確かにころねだった。

「転送円に飛び込むとき、首を拾ってポシェットに入れたんだ。そうすれば、修理することができるからね」

淑恵が言った。

「で、こっそり修理して、スイッチを入れはしたけど、記憶がちゃんとしているかはまだわからないんだ。私は彼女とつきあいがあったわけじゃないからね。で、どうだい？　記憶はあるの？」

そう淑恵が聞くと、ころねは何故か頬を染めて阿九斗を指さした。

「この人に激しく抱かれた夜の記憶が……」

「あー、こりゃ、確実にころねだ……」

阿九斗は呆れて笑った。

「はい。帰ってきました」

ころねは珍しく微笑みを浮かべた。そして、阿九斗に抱きつく。

「おいおい、また悪い冗談を」

「冗談ではありません。あなたは私が人造人間であることも気にせず、愛してくれました。その気持ちには応えないと」

真剣な声をころねは出す。

「ちょ、愛って、そんな……」

阿九斗はしどろもどろになる。

と、ころねは阿九斗に向かって顔を上げる。

「なんて言うと、清純な女の子っぽく見えますか？　身体が新しくなったので、いわば処女なもので、処女らしく振る舞わないといけないと思ったので」

「あのなぁ……」

阿九斗は渋《しぶ》い顔をするが、ころねは阿九斗の腰に巻いた腕を離そうとはしなかった。だから、阿九斗は、ぽん、と、ころねの頭に手を置く。

「ま、確かに清純っぽくは見える」

「そうですか。あ、ところで」

そう言って、ころねは、けーなに顔を向けた。

「自分は、皇帝陛下の御側係《おそば》になりましたので。いわば監視役《かんしやく》です。今後とも、よろしくお願いいたします」

ころねは言った。

けーなは、「本当!?」と相好を崩す。

「はい、本当です」

「わーい！　おかえり、そして、よろしく、ころねちゃん！」

そして、けーなは声を張り上げ、ころねに抱きついた。

けーなは屋根から転げ落ちそうになり、阿九斗に助けられた。皆は笑い声を上げ、ころねとけーなは女子寮の最上階の生徒から屋根の下をガンガンと突き上げられるまで続いた。

◯

「皇帝の交代劇……そんなものは必要なかったんだが……」

賢人《けんと》はぼやいた。

彼は今、自室のカウチに寝転《ねころ》がり、マナスクリーンに映した男と話していた。

「毎度、頭がおよろしいことで。てめぇの思い通りになんでも進むと思ってるような口ぶりだ」

スクリーンの男は毒づいた。スキンヘッドで、奇妙に黒い、ゴムのような皮膚をしているのが目についた。彼は、コードネームを『ラバーズ』。CIMO8《サイモエイト》のメンバーの一人で、かつて『コンスタン魔術学院』で起こった戦闘に参加したことがある。

「そうだよ。私の思うとおりに進まなかった事態がイレギュラーなんだ」

賢人は平然と言い放った。

「じゃあ、CIMO8がずいぶん減ってしまったことも織り込み済みだって?」

ラバーズは悪態をつく。

「それは各自がドジを踏んだ結果だよ。でも、次の一手、どう動くかは私も予測しにくい」

「それは皇帝が交代したからか？」

「そうだ。おかげで『最後の審判《しんぱん》』をクリアするための見通しが少し悪くなった」

「おめぇは毎度真面目に望一郎《ぼういちろう》の旦那《だんな》の遺言《ゆいごん》を守るねぇ」

「彼よりうまくやってみせるさ。私は彼と違って私情を挟まないからね」

「それじゃ、見通しが悪くなった、ってのは何だよ。完璧になってみせるんじゃねぇのか」

ラバーズの挑発にも賢人は顔色を変えなかった。

「イレギュラーが関わっているからまずいのさ。皇帝の血筋の者はあと何名かいるはずだ。そいつらが帝位《ていい》をほしがったら、ちょっと面倒だ」

「俺は皇帝なんぞに興味ないぜ」

「私もないよ。そこだけは意見が合うな。だが、最後に勝利する皇帝の味方でなくちゃならないんだ」

賢人はそう言って通信を打ち切った。

あとがき

毎度ありがとうございます。水城正太郎《みずきしょうたろう》です。

前回からの続きの九巻目。ひとまずの決着という形となりました。いろいろありましたが、まずは個人的に無事に一山越えたことを喜《よろこ》んでおきます。ばんざーい。

とはいえ、まだ続きはあるようで、大きめの話も用意しておきつつ、気合いを入れ直さなければならないところですが、次巻は連作短編集《れんさくたんぺんしゅう》という形で、ちょいと日常話をお届《とど》けしようかと思っております。淑恵《よしえ》が今後どうからむか、とか、意外なところでは生徒会《せいとかい》の話やらできたらいいなぁ、と。殺伐《さつばつ》としていない話がお好きな方はご期待《きたい》くだされば幸い。

さて、そして、いよいよアニメも始まりますね。

新刊でお買い求めの方は帯《おび》の情報を、それ以外の方はホームページを参照《さんしょう》いただき、ご覧《らん》くださいませ。

このあとがきを書いているのは、ちょっと時期的に前になりますので、声優《せいゆう》さんの収録《しゅうろく》現場しか拝見《はいけん》しておりませんが、それだけでも十分に面白《おもしろ》かったので、がっつり期待してください。

その収録現場では、いろいろと楽しいことがありました。

ころね役、悠木碧《ゆうきあおい》さん手作りのシフォンケーキがふるまわれたり。

悠木碧さん渾身《こんしん》の色っぽい演技《えんぎ》を、鳥井《とりい》美津子《みつこ》役のたかはし智秋《ちあき》さんと、不二子《ふじこ》役の伊《い》藤静《とうしずか》さんが応援したり。

悠木碧さんを囲《かこ》んで写真を撮影《さつえい》している声優さんたちを見たり。

いや、まぁ、何か偏《かたよ》っているのは気のせいですが。

そんなわけで、小説関係者全員で現場にご迷惑《めいわく》をおかけしていたわけですが、読者の皆様にも、そんな楽しい現場の空気を感じていただければと思います。

そんなこんなで、ちょいと無駄話《むだばなし》。ご多分に漏《も》れず、冬季オリンピックなどをテレビ観《かん》戦《せん》し、「カーリングおもしれー」などとつぶやいていたのですが、あれってプレイする場所も状況《じょうきょう》もが限定されている競技《きょうぎ》で、見たからといって気楽に趣味《しゅみ》にできるようなものでなく、ちょいとがっかりですね。しかし、本場カナダでは、パブで酒を飲みながらやる環《かん》境《きょう》があるそうで、日本で言うビリヤードみたいな感覚なのだとか。なんか世界は広いっすね。凍《こお》ったリンクで酒《さけ》飲んで石やブラシを振《ふ》り回すのって危ないと思うんだけどなぁ……。

最後に謝辞《しゃじ》を。

ますます増える関係者の皆様、全体を把握《はあく》しておりませんし、ご挨拶《あいさつ》できていない方もいらっしゃいますが、ありがとうございます。いつも感謝《かんしゃ》の一言です。

編集のO橋様。今回はクオリティアップのために粘《ねば》っていただき、ありがとうございます。勉強《べんきょう》になりました。

そして、何より、伊藤宗一《いとうそういち》さん。毎度遅《おく》れてご迷惑をおかけしておりますが、そんな中、コミックスに周辺《しゅうへん》展開チェックと考えられぬほどの激闘《げきとう》ぶり、心強く思っております。

もちろん、読者の皆様のご支援《しえん》でここまで来られたことに感謝を。これからもよろしくお願いいたします。まだまだ楽しめそうですぜ！

◆ご意見、ご感想をお寄せください……ファンレターのあて先◆

〒151－0053　東京都渋谷区代々木2－15－8
(株)ホビージャパン　HJ文庫編集部
水城正太郎 先生／伊藤宗一 先生

HJ文庫
228

いちばんうしろの大魔王
ACT 9

2010年4月1日　初版発行

著者──水城正太郎

発行者─山口英生
発行所─株式会社ホビージャパン

〒151-0053
東京都渋谷区代々木2－15－8
電話　03(5304)7604（編集）
03(5304)9112（営業）

印刷所──大日本印刷株式会社

ISBN978-4-7986-0029-1　C0193

ストラトスフィア・エデン

著者／鳥居 羊
イラスト／筑波マサヒロ

“D”を撃墜せよ！
少女と世界を守るために。

10年前、突如人類を襲った謎の異世界生命体“D”。それと戦うために、国連空軍に所属する少年・カナタは、アビオ・スケルトンという人型飛行兵器に乗って訓練する日々が続いていた。そんな中、ある日カナタの通う中学に、災厄の魔女と噂される少女・葉月が転校してくる――。